Beate Dölling/Didier Laget

Zuckerkringel-Ferien mit Marie

Beate Dölling, 1961 in Osnabrück geboren, ist Autorin zahlreicher Kinder- und Jugendromane, die mehrfach ausgezeichnet wurden. Außerdem schreibt sie für das Deutschlandradio Geschichten und Hörspiele und gibt Schreibworkshops. Beate Dölling lebt mit ihrer Tochter in Berlin. www.beatedoelling.com.
Weitere Titel von Beate Dölling bei dtv junior: siehe Seite 4.

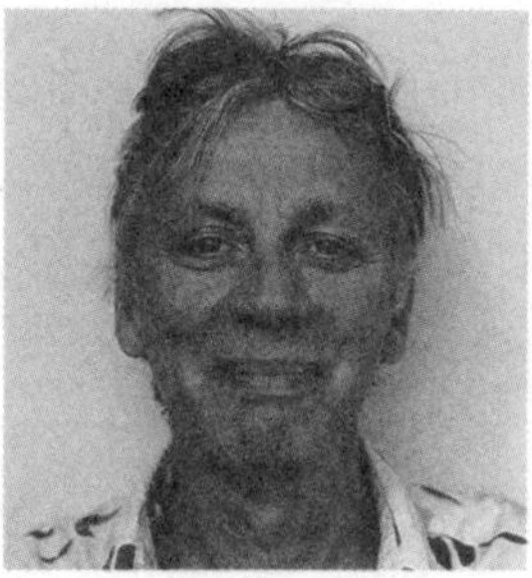

Didier Laget wurde 1957 in Frankreich geboren und tourte als Gitarrist verschiedener Bands durch ganz Europa. Er ist nicht nur Musiker, sondern auch bildender Künstler, insbesondere Fotograf, und schreibt gemeinsam mit Beate Dölling Kinder- und Jugendbücher.

Joëlle Tourlonias ist eine junge und sehr erfolgreiche Illustratorin mit französischen Wurzeln. Gerade hat sie für Nivea weltweit kleine runde Bilderbücher als Give-away und die zugehörigen Cremedosen gestaltet. Sie lebt mit ihrem Freund, der ebenfalls Illustrator ist, in Essen.

Beate Dölling/Didier Laget

Zuckerkringel-Ferien mit Marie

Mit Illustrationen von
Joëlle Tourlonias

dtv

Ausführliche Informationen über unsere Autoren und Bücher
www.dtv.de

Von Beate Dölling und Didier Laget sind außerdem bei dtv junior lieferbar:
Lügenbeichte
Küsse kennen keine Grenzen

Von Beate Dölling sind außerdem bei dtv junior lieferbar:
Zwei kleine Wilde in der großen Stadt
Sechste Stunde Dr. Schnarch
Der Sommer, in dem wir alle über Bord gingen
Wild auf Fußball

FSC www.fsc.org MIX Papier aus verantwortungsvollen Quellen FSC® C019821

Ungekürzte Ausgabe
2019 dtv Verlagsgesellschaft mbH & Co. KG, München

Umschlagbild und -gestaltung: Joëlle Tourlonias
Gesetzt aus der Bembo
Gesamtherstellung: Druckerei C.H.Beck, Nördlingen
Gedruckt auf säurefreiem, chlorfrei gebleichtem Papier
Printed in Germany · ISBN 978-3-423-71827-1

Für das Mädchen mit dem Bauchladen

Kapitel 1

»Wann sind wir denn endlich da?«, ruft Max nach vorn.

»Jetzt dauert es nicht mehr lange«, ruft Mama vom Beifahrersitz nach hinten. »Nur noch hundert Kilometer!«

»Noch hundert Kilometer? Ach nö!«

»Hundert Kilometer wären ein Klacks, wenn wir hier nicht wie eine Schnecke durch die Landschaft kriechen würden«, sagt Ben und dribbelt mit seinem Fußball auf den Knien herum.

»Wenn man so schnell durch die Gegend rast, sieht man ja gar nichts von der Landschaft«, sagt Mama. »Guckt mal, da, die Lavendelfelder. Ist das nicht malerisch?«

Max tut der Hintern weh. Er kann nicht mehr sitzen. Er kann auch keine Lavendelfelder mehr sehen. Nun sitzt er schon ewig im Auto, auf dem Weg nach Frankreich ans Meer. Sein Boot hat er auf dem Schoß, eine selbst gebaute Segeljacht, die er die ganze Zeit vor Bens blödem Fußball schützen muss. Sie in den Kofferraum zu legen war ihm zu riskant. Er hatte Angst, dass der Mast abbricht. Aber hier auf der Rückbank ist sie auch nicht viel sicherer.

Max kann es echt nicht mehr abwarten, das Boot endlich ins Wasser zu lassen. Er streicht über das glänzende Holz. Den ganzen Winter über hat er daran gearbeitet. Papa hat nur beim Verkleben von Kiel und Spanten mitgeholfen und beim Ausrichten des Masts und Oma hat die Segel genäht. Alles andere hat er selber verschraubt, verklebt und verknotet, abgeschliffen, gestrichen und lackiert. Es ist sein Boot! »Seehund« hat er es getauft. Ben hat die Nase gerümpft und gegrunzt wie ein Seehund. Wäre es nach ihm gegangen, hätte das Boot »Müller« geheißen oder »Vidal«.

Ben dribbelt mit dem Ball gegen Mamas Kopfstütze.

»Würdest du das bitte lassen«, sagt Mama.

»Wann sind wir denn endlich da?«, fragt Max.

»Jetzt nur noch 99,9 Kilometer«, sagt Ben und grinst ihn an.

»Du bist doof«, sagt Max.

»Du auch!«, sagt Ben.

»Kinder, bitte, nun fangt doch nicht kurz vorm Ziel noch an zu streiten!«

Max macht die Augen zu und stellt sich vor, wie sein Boot über hohe Wellen gleitet, sich in die Schaumkronen legt wie ein Motorradfahrer in die Kurve. Man darf eine Welle nie direkt von vorn brechen, sonst bricht sie dich. Aber See-

hund macht alles richtig, weil Max die Segel gekonnt mit der Fernbedienung steuert. Dann sieht er sich selbst auf Seehund fahren, als wäre es ein großes Schiff und er der Kapitän. Er hat sogar eine weiße Kapitänsmütze auf.

»Vic sur mer!«, ruft Mama. »Wir sind da!«

Max schreckt hoch und hält sein Boot fest.

»Und guckt doch mal, wie schön es hier ist.«

Max sieht lauter Häuser mit blauen oder grünen Fensterläden und viele Stockrosen in den Vorgärten.

Papa fährt langsam, überall sind Autos und Leute. Sie gehen mit Badelatschen über die Straße, tragen Sonnenbrillen und Strohhüte. Die Eiscafés sind voll besetzt. An den Kiosken gibt es bunte Zeitschriften, Schaufeln, Eimer, Luftmatratzen.

»Hier ist ja gar kein Meer«, sagt Max.

»Und kein Platz, wo man Fußball spielen kann«, mault Ben. »Das ist ja ätzend!«

»Nun mal nicht so ungeduldig, Jungs!«, sagt Papa, aber Max merkt, dass er selbst langsam ungeduldig wird. Die Sonne brennt aufs Autodach und es geht nur schrittweise voran. Offensichtlich sind sie nicht die Einzigen, die hier Urlaub machen wollen.

»Fahr mal da vorne rechts rein«, sagt Mama. Papa biegt ab.

»Da!«, ruft Max. »Das Meer!« Sie fahren genau auf den Strand zu.

»Und da vorn ist ein Bolzplatz!«, ruft Ben.

Die Ferien sind gerettet!

Kapitel 2

»Das da ist es«, sagt Mama und zeigt auf ein blaues Haus mit einer gelben Sonne über der Haustür. Es hat einen Vorgarten mit Terrasse und einen Balkon im ersten Stock.

Ben stürmt aus dem Auto. »Kann ich mal kurz zum Bolzplatz gehen?«

»Erst hilfst du uns beim Auspacken«, sagt Papa und streckt sich. Max steigt vorsichtig aus, Boot zuerst. Mama holt einen Schlüssel aus der Handtasche und schließt das Haus auf.

Drinnen ist es kühl und dunkel. Lichtstreifen fallen auf den Fliesenboden. Papa öffnet in jedem Zimmer die Fensterläden und lässt die Sonne rein. Aus der Wohnküche unten schaut man über die Terrasse und den Vorgarten auf die Strandpromenade; von den Zimmern oben direkt auf den Strand und das Meer.

Max darf das Zimmer mit der gelben Wand haben, an der ein großes Bild von einer Segelregatta hängt. Er stellt Seehund auf den Nachttisch und hilft auch mit, das Auto auszuladen. Dann ist Ben nicht mehr zu halten. Max selbst möchte auch endlich zum Strand.

»Na gut«, sagt Mama. »Aber du gehst nicht allein ins Wasser! Papa und ich gehen kurz einkaufen und kommen dann nach.«

Er läuft mit dem Boot durch den Vorgarten, öffnet mit einer Hand das Tor und überquert die Strandpromenade, eine Straße nur für Fußgänger. Die Sonne blendet ihn, ihm ist heiß. Er stapft durch den Sand, vorbei an rot-weiß gestreiften Sonnenschirmen, unter denen Leute auf großen Handtüchern liegen. Nasse Kinder mit einem grünen Gummikrokodil und roten Schwimmreifen kommen ihm entgegen, das Wasser tropft ihnen aus der Badehose. Das Meer reicht bis zum Horizont. Es ist grünlich dunkelblau mit weißen, rauschenden Wellen.

Da steht er nun mit seinem Boot vor dem Bauch im trockenen, heißen Sand. Ein kräftiger Wind weht ihm durch die Haare, es riecht nach Salz und Fisch, und er kann sich nicht rühren, weil er nicht weiß, wie er das Boot ins Wasser kriegen soll. Die Wellen sind zu hoch. Eindeutig. Papa hatte ja schon mal erwähnt, dass das ein Problem werden könnte. Dann müsse man warten, bis der Wind sich legt und das Meer ruhiger wird. Max will aber nicht warten. Er tritt sich die Turnschuhe von den Füßen und stellt sich ins Wasser. Neben ihm sitzt ein Nackedei mit Schnuller und Sonnenhut im Matsch und baut eine Sandburg. Als er Max mit dem Boot sieht, fällt ihm der Schnuller aus dem Mund. Max tapst in die ersten Wellen – sie sind nur vorn so groß, da, wo sie sich brechen. Er müsste weiter reingehen, mindestens bis zur Hüfte, aber dann würde er Ärger mit Mama kriegen. Er schaut sich um. Wann kommen seine Eltern denn endlich?

Er geht ein paar Schritte weg von dem Nackedei, setzt das Boot in den Sand und lässt es von den auslaufenden Wellen umspülen. Allerdings sind genau auf diesem Streifen viele Leute unterwegs. Müssen die ausgerechnet hier entlanggehen? Max kniet sich neben sein Boot, macht sich breit, sodass die Leute einen großen Bogen um ihn und Seehund machen müssen. Gischt zischt um den Bug. Das Wasser spritzt hoch bis an den Mast. Er muss das Boot festhalten, damit es nicht mitgerissen wird. Er beugt sich vor und schaut in die Kajüte, da erwischt ihn eine Welle von achtern und klatscht ihm bis in den Nacken. Er schnappt nach Luft. Sein ganzer Rücken ist nass. Das Boot hat auch ziemlich was abbekommen. An Bord schäumt es, dann läuft das Wasser wieder ab. Es dringt nicht in die Kajüte. Er hat wirklich gute Arbeit geleistet beim Kalfatern. Sein Boot ist dicht!

Max steht auf und geht auf den trockenen Sand. Es tropft aus seinen Shorts und seinem T-Shirt, jetzt ist ihm wenigstens nicht mehr so heiß. Um ihn herum hört er Kinderstimmen, Gelächter, das Flattern einer Fahne über ihm. Dann mischt sich ein heller, langer Ton in die Geräusche:

»Schiiischiiii«, hört er jemanden rufen, laut und deutlich: »Les bons Schiiiischiiiii! – Leckere Schischiiii!«

Zwei Füße stehen neben ihm im Sand. Er schaut an den Beinen hoch und sieht ein Mädchen in einem hellblauen Kleid und mit einer Art Schublade vor dem Bauch, die an zwei roten Bändern um ihren Nacken hängt.

»Schiiischii?«, fragt sie und lächelt ihn an. Sie hat kurze, schwarze Haare, vom Wind zerzaust. Max riecht etwas Süßes, wie frischen Pfannkuchen, nur viel besser. Er steht auf. Sie ist genauso groß wie er und lächelt ihn immer noch an. Er kann gar nichts sagen. Seine Hände sind sandig und seine Sprache ist weg. Er schaut auf diese Schublade, die sie vor ihrem Bauch trägt und in der in kleinen Papiertüten Gebäckkringel ordentlich nebeneinanderliegen. Sie sind es, die so unheimlich gut duften.

»Are you english?«, fragt das Mädchen.

Max schüttelt den Kopf.

»Deutsch?«

Max nickt.

»Ist das dein Boot?«

Er schaut auf Seehund und nickt noch einmal, sieht ihre

Füße neben seinem Boot. Braun gebrannt und sandig, mit hellblauen Zehennägeln.

»Ein schönes Segelschiff.«

»Ja«, sagt er. »Hab ich selbst gebaut.« Er hört sein Herz schlagen, hier, mitten am Strand.

»Sind die Wellen heute nicht viel zu hoch zum Segeln?«

»Doch.«

»Es gibt hier auch einen See.« Sie zeigt in Richtung Strandpromenade, kneift beim Reden ein Auge zu, legt den Kopf schräg. In ihrem dunklen Haar glitzert eine orange Spange. Ist das etwa eine Krabbe? »Der ist immer glatt.«

Ein glatter See. Na ja. Schön. Aber schließlich ist er mit seinen Eltern ans Meer gefahren, weil er sein Boot richtig in See stechen lassen will, und damit ist natürlich das Meer gemeint und kein langweiliges Gewässer.

Ihre Spange ist keine Krabbe, sondern ein Krebs. Das erkennt er an den Scheren. Oder etwa ein Hummer? Er reckt den Kopf, tritt dabei einen Schritt vor – und dann passiert es: Er stolpert über sein eigenes Boot, kann sich zwar noch fangen, um nicht vornüber in den Sand zu fallen, aber dabei knickt der Mast um.

»Oh«, sagt sie und schlägt sich die Hand vor den Mund.

Er hebt sein Boot auf, begutachtet es von allen Seiten, richtet den Mast wieder auf, aber er ist in der Mitte gebrochen.

Er will vor ihr kein Theater machen. »Ach, das kann man wieder kleben«, hört er sich sagen, eher brummen.

»Hier, ich schenke dir ein Schischi«, sagt sie und hält ihm so einen Zuckerkringel hin. »Wie heißt du?«

»Max.«

»Ich heiße Marie. Ich muss weiter.«

Er nickt, hält das Boot fest an seine Brust gedrückt. In der anderen Hand hat er das duftende Gebäck. Das Wasser läuft ihm im Mund zusammen, aber er kriegt die Hand nicht zum Mund. Irgendwo haken seine Gelenke.

»A tout!«, sagt sie zu ihm, oder so ähnlich, und dann ruft sie wieder: »Schiiischiii – les bons Schiiischiii!« Sie dreht sich noch einmal um und lächelt ihm von Weitem zu. Dann fliegt ein Fußball in sein Blickfeld.

»Alter, was ist denn mit dir passiert?« Ben steht vor ihm. »Bist du gekentert?«

»Du solltest doch nicht allein ins Wasser gehen«, hört er Mama, die durch den Sand stapft, neben ihr Papa mit dem Badekorb.

»Bin ich auch nicht«, sagt er und beißt in das Gebäck. Es schmeckt süß und nach Vanille, ist von außen kross und innen butterweich. Er stopft sich den Rest auf einmal in den Mund.

»Was isst du denn da?«, fragt Mama.

Papa nimmt ihm das Boot aus der Hand und begutachtet den Schaden.

»Hmm.« Max blinzelt an Papa vorbei in die Richtung, in die dieses Mädchen verschwunden ist.

Kapitel 3

Am Abend hat er sandverkrustete Füße, Sand in den Hosentaschen und in den Ohren. Mama sagt, er soll duschen, bevor er ins Bett geht. Aber er geht ja noch nicht ins Bett. Beim Abendessen auf dem Balkon geht die Sonne unter. Max hat selten so einen farbenfrohen Himmel gesehen: das Hellblau mischt sich mit Violett und Rosa und die Sonne versinkt Stück für Stück als glutroter Ball im Meer.

»Ist das nicht wunderschön?«, seufzt Mama. Papa nickt. Ben springt auf und will wissen, ob auch deutschsprachige Sender im Fernseher sind. »Nimmst du bitte deinen Teller mit«, sagt Mama. Ben mault und Papa sagt, wenn er noch mehr mault, muss er den ganzen Abwasch machen.

»Wir haben ja eine Spülmaschine«, sagt er und grinst. »Außerdem ist Kinderarbeit in Deutschland verboten.«

»Wir sind aber in Frankreich«, sagt Max und grinst. Er hat noch Nudeln auf seinen Teller. Er isst eine Gabel voll.

Wie hießen die leckeren Dinger noch mal, die das Mädchen am Strand verkauft hat, Schischi oder? Das Mädchen heißt auf jeden Fall Marie. Er hat ihr Gesicht noch ganz genau vor Augen, wie sie die Hand vor Schreck vor den Mund geschlagen hat, als der Mast abgeknickt ist. Wie konnte er auch nur so blöd sein und über das Boot stolpern? Jetzt ist der Mast zum Glück wieder heil. Man sieht die Bruchstelle fast gar nicht. Morgen wird er es mit dem Boot noch mal versuchen.

Papa hat den Arm um Mama gelegt und Mama ihren Kopf an Papas Schulter.

»Und, gefällt es dir hier?«, fragt Papa.

»Ja«, sagt Max. »Sehr!«

»Nachtisch?«, fragt Mama und zeigt auf die Schokoladenkekse auf dem Tisch. Es sind Max' Lieblingsschokoladenkekse, noch von zu Hause mitgebracht.

Er steckt sich einen in den Mund, aber irgendwie kommen sie ihm fade vor, und er wünscht sich, er hätte jetzt so ein Teil von heute Nachmittag, so ein Schischi.

Kapitel 4

Am nächsten Morgen ist es immer noch so windig. Max hat schon vom Fenster aus gesehen, wie hoch die Wellen sind. Da hat er sein Boot lieber gleich auf dem Nachttisch gelassen.

Er geht am Strand entlang und sammelt Muscheln, Steine und Treibholz. Wo wohl der blöde Wind herkommt? Der Himmel ist blau und die Sonne scheint sehr stark. Mama hat ihm befohlen, sich dick mit Sonnenmilch einzucremen. Ekelhaft! Er ist immer noch ganz klebrig. Er wirft eine Muschel zurück ins Meer. Gischt umspült seine Füße. Was soll er denn jetzt machen? Ben ist Fußball spielen und Mama und Papa liegen hinter einem Windschutz und lesen. So was von langweilig! Dahinten gibt es wenigstens ein gestrandetes Bootswrack. Da geht er jetzt mal hin.

Das Boot liegt auf der Seite im trockenen Sand und hat kaum noch Farbe an den Planken. Es riecht nach Teer, trockenem Seil und nach verwestem Fisch, aber das macht nichts. Wenn er ein echter Seemann werden will, muss er sich an solche Gerüche gewöhnen. Er klettert in den Rumpf und legt drei Flächen an für seine Fundstücke: Muscheln, Steine, Holz. Dann geht er los und sucht mehr. Die Steine hier sind rund und glatt, manche sind weiß und mit rosa oder orangen Linien durchzogen, als hätte der Stein Adern. An Muscheln findet er geriffelte, gestreifte und große längliche, mit einer Innenschicht aus Perlmutt. Die glänzen silbern.

Plötzlich stehen zwei Füße vor ihm, mit himmelblauen Zehennägeln. Marie! Er schaut auf. Sie trägt wieder diese Schublade voller Kuchenkringel vor dem Bauch.

»Bonjour, Max«, sagt sie. Heute hat sie zwei gelbe Spangen im Haar, eine klemmt rechts, eine links und rundherum flattern ihre dunklen Haare.

Er steht schnell auf und klopft sich den Sand von den Händen. »Hai«, sagt er und muss lachen, weil es sich wirklich wie »Hai« anhört und eigentlich die perfekte Begrüßung am Meer ist.

»Was machst du hier?«, fragt sie. In ihrem Bauchladen liegen noch drei oder vier Tüten Schischi. Mit jeder Windböe flattert ihm der Duft des süßen Gebäcks direkt in die Nase. Ihm läuft schon wieder das Wasser im Mund zusammen.

»Ach, ich sammle, was so rumliegt.«

Sie steht da und guckt sich seine Fundstücke an. Dann kommt ein Mann mit zwei Kindern, er möchte Schischi kaufen.

»Bonjour!«, begrüßt Marie ihn. Max weiß von Ben, dass

das »Guten Tag« auf Französisch heißt. Seit sein Bruder in der Schule Französisch hat, gibt er mit jedem Wort, das er gelernt hat, an. »Bonjour« war eins der ersten. Aber bei ihm hat es sich nie so schön angehört wie bei Marie. Wenn sie es sagt, klingt es wie ein Anfang von einem Lied. – Überhaupt hört es sich eher an, als sänge sie, wenn sie Französisch spricht. Er kommt sich ein bisschen doof vor, sie so anzustarren, während sie mit dem Mann und dem Kind spricht. Schnell guckt er auf ihre Füße. Sie sind schmaler als seine, mit kleineren Zehen. Der ganz kleine Zeh ist bei ihr extrem klein mit einem winzigen blauen Klecks auf dem Nagel. Während sie oben Gebäck verkauft, gräbt sie unten mit den Zehen im Zuckersand.

»A bientôt«, sagt Marie zu dem Mann, was »Bis bald!« heißt, und steckt das Geld in eine kleine Tasche, die sie unter dem Bauchladen an einem Gürtel trägt. »Bonne journée«, ruft sie ihm hinterher.

Hm, das hat Max noch nie gehört.

Marie hat ihren Bauchladen abgenommen und setzt sich in den Sand. Er setzt sich neben sie. Mit dem Rücken lehnen sie sich an den Bauch des Wracks. Marie guckt auf ihre kleine rote Armbanduhr.

»Noch nicht mal 10 Uhr und ich habe schon alle Schischi verkauft«, sagt sie.

»Ist das gut?«, fragt Max.

»Das ist *süper*!«

Max lacht, weil sie »super« mit »ü« gesagt hat: süper.

»So sagt man das hier«, erklärt sie und fügt hinzu, dass ihr Vater Franzose und ihre Mutter Deutsche sei und sie deshalb beide Sprachen könne. Sie fragt nach seinem Boot.

»Es ist wieder heil, aber ich habe es zu Hause gelassen. Wegen dem Wind.«

»Wofür sammelst du die Muscheln und die Steine da?«

Max zuckt die Schultern. »Nur so. Und was machst du gleich?«

»Ich hole neue Schischi und mach noch eine Tour vor dem Mittag, bevor es zu heiß wird. Heute Nachmittag geh ich dann noch mal los, vielleicht sogar zweimal.«

»In Deutschland ist Kinderarbeit verboten.«

»In Frankreich auch, aber was ich mache, ist ja keine Kinderarbeit. Ich arbeite bei meinen Eltern. Wir haben einen Bistro-Caravan. Guck mal, dahinten an der Promenade neben dem rosa Popcornstand, der Wagen mit dem blau-weiß gestreiften Vordach. Wir verkaufen Schischi, Waffeln, Sandwiches und Getränke.«

»Verrechnest du dich nie, wenn du das Wechselgeld rausgibst?«

»Nein. Ich kann gut rechnen.«

»Cool. Und was verdienst du?«

»Kommt drauf an. Manchmal acht bis dreizehn Euro pro Tour plus Trinkgeld. Einmal habe ich von einer englischen alten Dame allein fünf Euro geschenkt bekommen!« Sie strahlt Max an und nimmt eine Spange aus dem Haar, streicht sich ein paar Strähnchen aus der Stirn und klemmt die Spange wieder fest. Jetzt sieht er, dass es gelbe Fische sind, mit hellgrünen Flossen. Lustig. Das würde ihr Max gern sagen, aber er traut sich nicht. Er weiß auch gar nicht, wie man so was sagt. Er kennt sich mit Mädchen nicht aus, spricht ja kaum mit welchen, außer mit Lea, Iris und vielleicht noch Hoa aus seiner Klasse. Die sind nett und kichern nicht nur rum, aber bei denen würde er nie auf die Idee kommen und sagen: »Deine Spange ist süß.« Er weiß nicht mal, ob sie überhaupt Haarspangen tragen. So genau hat er sie noch nicht angeguckt – und überhaupt, Marie ist ganz anders als alle Mädchen, die er kennt.

»Was denkst du gerade, du guckst so lustig.«

Max bekommt heiße Wangen. »Ich? Hm… weiß nicht. Nichts … Verkaufst du jeden Tag Schischi?«

»Nur jetzt in den Ferien. Ich brauche viel Geld.« Marie atmet tief durch, es hört sich fast schon an wie ein Seufzen. Sie steht auf, nimmt ihren Bauchladen und bindet sich mit den roten Bändern eine Schleife im Nacken. »Ich muss wieder los«, sagt sie. »Bonne journée.«

»Was heißt das?«, fragt Max und steht auch auf.

»Schönen Tag!«, sagt Marie und lächelt ihn an.

Kapitel 5

Max schaut Marie hinterher. Wofür sie wohl viel Geld braucht?

Er versucht sie in dem Gewimmel von Badegästen, Handtüchern, Taschen und Sonnenschirmen zu entdecken, aber sie ist nirgendwo zu sehen. Ob er sich mal den Caravan anschauen soll, ihre Basisstation?

Max rennt am Wasser entlang. Wellen zischen ihm um die Beine, manchmal muss er an Land ausweichen, um keinen nassen Hintern zu kriegen oder um nicht über die buddelnden Nackedeis zu stolpern. Als er bei Mama und Papa ankommt, ist er außer Atem. Die beiden liegen auf dem Rücken und haben jeder ein Buch vor dem Gesicht.

»Wollen wir ins Wasser?«, fragt Papa. Sein Kopf ist ganz rot.

»Ja, aber nur kurz. Ich geh dann dahinten hin.« Er zeigt auf die andere Seite vom Strand.

»Was willst du denn da?«

»Nur mal gucken.«

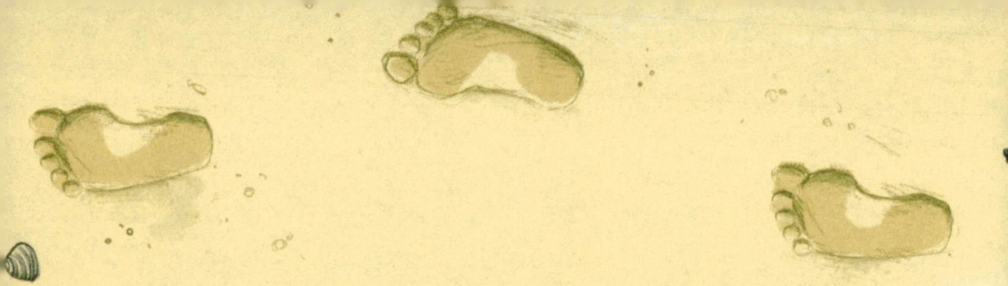

»Gut«, sagt Papa und steht auf. »Du weißt ja, dass wir hier zwischen dem Krebs und der Qualle liegen.« Er deutet auf die hohen Markierungspfeiler, die mit verschiedenen Figuren und Meerestieren gekennzeichnet sind, damit man sich am Strand nicht verläuft. Das haben sie ihm bestimmt schon zehnmal gesagt.

»Wollen wir ins Wasser rennen?«, drängelt Papa.

Sonst rennt Max liebend gern mit ihm ins Wasser und mit diesen hohen Wellen macht es bestimmt besonders Spaß, aber heute würde er am liebsten sofort zum Caravan gehen.

»Na los!«, sagt Papa.

Wenn Max jetzt nicht mit ihm ins Wasser rennt, denken seine Eltern, er sei krank oder habe sonst welche Probleme und dann fängt hundertpro eine lästige Fragerei an. Also geht er lieber mit Papa ins Wasser.

»Eins, zwei, drei …«, ruft Papa und dann rennen sie los und stürzen sich in die Fluten. Sie schwimmen auch ein ganzes Stück zusammen, bis ihm eine Welle voll ins Gesicht schwappt, er sich verschluckt und heftig husten muss. Ekelhaft, dieses Salzwasser! Jetzt reicht es ihm aber wirklich.

Mama kommt ihm mit einem Handtuch entgegen, hält

es auf, damit er sich einkuscheln kann. Aber er ist ja kein kleines Kind mehr. Er schnappt sich das Handtuch und wirft es sich wie ein Champion über die Schulter und rubbelt sich mit den Enden kräftig durchs Gesicht. Dann zieht er schnell sein T-Shirt wieder über und trockene Badeshorts an und will abdampfen. Aber Mama besteht darauf, dass er sich Arme und Beine noch mal mit Sonnenmilch eincremt. Als er endlich aus ihrer Reichweite ist, dreht er sich den Schirm der Kappe zur Seite und stapft durch den heißen Sand.

Von oben brennt die Sonne, von unten der Sand. Vielleicht hätte er doch lieber Schuhe anziehen sollen, aber Marie geht auch barfuß. Wenn ein Mädchen das schafft, schafft er das allemal.

Er stellt sich vor, wie er allein eine Wüste durchquert, ohne Wasser und ohne Kamele nur mit einer Fata Morgana am Horizont: einem in der Hitze flirrenden Caravan, in dem Schischi gebacken werden. – Die Schischi kann er schon von Weitem riechen. Ihm klebt die Zunge am Gaumen. Er hat einen Euro und zwanzig Cents in seinen Shorts.

Dafür kauft er sich erst mal eine Limo, wenn's geht, mit Eiswürfeln.

Im Caravan steht eine Frau mit kurzen dunklen Haaren und füllt frische Schischi in eine Papiertüte. Guck an, die schreibt man mit »Ch«, wie er auf einer Tafel liest, gar nicht mit »Sch«, obwohl es wie »Sch« ausgesprochen wird. Die Frau streut Puderzucker über die halb offenen Kringel und reicht sie einer Oma mit einem Kind. Die Frau sieht aus wie Marie in groß. Kein Zweifel, ihre Mutter. Vielleicht ist Marie ja auch in der Nähe? Max werden die Knie weich und er weiß echt nicht, was das jetzt soll. Er steht doch auf festem Boden, beziehungsweise einer Holzpalette, und nicht im Treibsand. Wahrscheinlich braucht er nur dringend was zu trinken, kein Wunder, nach all dem Salzwasser, das er vorhin geschluckt hat.

Die Frau schaut ihn fragend an und sagt was auf Französisch. Er sagt was auf Deutsch und zeigt auf die gelben Limoflaschen hinter ihr.

»Ah, eine Orangina möchtest du«, sagt sie nun auch auf Deutsch und nimmt eine Flasche aus dem Kühlschrank, öffnet sie und will gerade einen Strohhalm reintun, da sagt er: »Ohne Strohhalm.«

Die Frau lächelt, sagt: »Zwei Euro bitte.« Er schiebt die Münzen in seiner Hand hin und her, aber sie reichen nicht. Er spürt, wie ihm die Röte ins Gesicht schießt.

»Wie viel hast du denn?«, fragt die Frau freundlich.

»Eins zwanzig«, antwortet er.

»Gib mir ruhig die eins zwanzig. Dann hab ich noch 80 Cent bei dir gut. Die bringst du mal vorbei, wenn du wieder in der Nähe bist, ja? Ich nehme an, du bleibst noch ein Weilchen?«

»Ja«, sagt er. »Noch drei Wochen.«

»Na dann, schöne Ferien!«

Max bedankt sich, trinkt im Gehen einen großen Schluck eiskalte Limo und setzt sich neben den Caravan auf die Mauer. Seine Füße qualmen. Dass Marie nicht müde wird, ständig durch den heißen Sand zu laufen. Wo sie wohl gerade ist? Und wofür sie so viel Geld braucht, möchte er jetzt endlich mal wissen.

»Hallo, ist Marie da?«, hört er eine Stimme neben sich und schaut zum Caravan. Da steht ein langer, dünner Junge. Er hat hellblonde Haare und einen Scheitel, der aussieht, als hätte man ihn mit dem Lineal gezogen.

»Die Marie ist unterwegs«, ruft ihm die Frau zu. »Soll ich ihr was ausrichten?«

»Nö, dann guck ich später noch mal vorbei«, sagt der Junge, steckt die Hände in die Hosentaschen und geht Richtung Surfschule.

Was will der denn von Marie?

Kapitel 6

In den Ferien gibt es jeden Tag ein Eis für Max und Ben, das gehört einfach zum Programm, sagt Mama, weil sie auch gern Eis isst. Sie bestellt sich drei Kugeln: Pistazie, Schokolade und Stracciatella. Ben nimmt dreimal Cookie, Papa will kein Eis und Max hätte lieber nur Vanille und Schlumpf und das Geld für die dritte Kugel ausbezahlt, damit er gleich morgen früh seine Schulden beim Caravan begleichen kann. Das verrät er aber keinem, auch wenn Papa neugierig ist. Er schenkt ihm die 80 Cent zusätzlich, sodass er Vanille und doch zweimal Schlumpf nehmen kann und Ben darf sich dann auch noch zwischen Bargeld und einer weiteren Kugel entscheiden, woraufhin er die Kugel nimmt. »Gut gemacht, bro«, flüstert Ben ihm zu, weil er denkt, das sei nur ein Trick von Max gewesen, um ein größeres Eis herauszuschlagen. Max lässt ihn in dem Glauben.

Sie schlendern zu viert über die Promenade. Ben ist glücklich, weil er gleich am ersten Tag zwei Bayern-Fans getroffen und den ganzen Tag mit ihnen herumgebolzt hat.

»Morgen und übermorgen soll es noch so windig sein wie heute«, sagt Papa. »Aber dann wird es ruhiger und wir können mit deinem Boot raus, okay, Mopsbacke?«

»Jep«, sagt Max, obwohl Papa langsam mal aufhören könnte, ihn Mopsbacke zu nennen, jedenfalls in der Öffentlichkeit. Papa wuschelt ihm durch die Haare. Max hat keine Lust, mit seinem Eis durch die Gegend zu latschen. Er möchte sich lieber hier an der Promenade auf die Mauer setzen und sich die Wellen angucken. Vielleicht sieht er ja auch noch Marie.

Mama möchte zurück ins Ferienhaus. Papa und Ben auch. Max darf noch draußen bleiben, bis er sein Eis aufgegessen hat.

Der Strand leert sich allmählich. Der Himmel ist blassblau und die Sonne wirft lange Schatten in den Sand. Ein paar Möwen streiten sich kreischend um ein Stück Pizza. Max steckt sich den Rest Eiswaffel in den Mund, dabei tippt ihm jemand auf die Schulter. Er dreht sich um. Marie steht hinter ihm, mit leerem Bauchladen, und lächelt ihn an. Neben ihr steht ein langer, dünner Junge mit Scheitel. Nanu, den kennt er doch.

»Das ist Luuk«, sagt Marie, »ein Freund von mir. Er kommt aus Holland.«

»Hoi«, sagt Luuk. Er hält den Kopf so in den Wind, dass

ihm keine Haare aus dem Scheitel wehen. Max sieht, dass er sich auch eine Menge Gel auf den Kopf gepappt hat.

»Was machst du hier?«, fragt Marie.

»Nichts«, sagt Max und baumelt mit den Beinen.

»Dann komm doch mit uns mit.«

»Wo geht ihr denn hin?«

»Erst mal meinen Bauchladen wegbringen und dann auf den Jahrmarkt.«

Jahrmarkt? Dann muss Max schnell zu Hause Bescheid sagen. Luuk hat aber keine Lust, auf ihn zu warten, er drängt Marie, schon mal mit ihm vorzugehen. Aber Marie lässt sich nicht drängen.

»Wo wohnst du denn?«

»In dem blauen Haus mit der gelben Sonne.«

»Ah, in der ›Villa beau soleil‹. Die ist ja gleich da vorn. Da kommen wir schnell mit.«

Mama und Papa staunen nicht schlecht, als sie aus dem Fenster gucken und er ihnen zuruft, dass er noch mit zum Jahrmarkt möchte. Marie steht neben ihm und schräg dahinter dieser Scheitel-Luuk, auf den er allerdings verzichten könnte. Mama will wissen, wo der Jahrmarkt ist, und Marie erklärt ihr, nicht weit, im Park.

»Na gut«, sagt Mama. »Um acht bist du aber zum Essen wieder da.«

»Ich muss auch um acht zu Hause sein«, sagt Marie.

»Na dann, viel Spaß.«

Kapitel 7

Sie gehen über die Promenade, Marie in der Mitte, links von ihr Max und auf der rechten Seite Luuk. Er spricht Deutsch, gespickt mit holländischen Wörtern. Max muss genau hinhören, bis er versteht, dass Luuk von einem schwarzen Ferrari schwärmt, den er heute im Zentrum gesehen hat, hinter einer Palme geparkt, mit roten Bremsen in den silbernen Felgen. Er erzählt, dass er sogar schon mal in einem Ferrari gefahren sei, allerdings in einem gelben.

»Ferrero? Ist das nicht diese Schokolade mit Nüssen?«, fragt Marie und grinst.

»Nee!«, sagt Luuk und guckt völlig schockiert.

»War doch nur ein Scherz«, sagt Marie. Luuk lacht und macht dann nach, wie ein Ferrari-Motor bei 240 km/h klingt, ganz laut. Max guckt ihn entgeistert an.

Sie kommen an einem Spielplatz vorbei, mit einem Tintenfisch, an dessen Armen Schaukeln hängen. Daneben ist ein riesiger Walfisch aus Holz, mit einem Klettergerüst im

Innern und einer Rutsche, die aus dem Maul kommt. Es sieht aus, als speie der Wal kleine Kinder.

Hinter dem Spielplatz ragt ein Riesenrad über die Bäume. Sie gehen an einem Kettenkarussell vorbei und bahnen sich den Weg durch die Liebesäpfel-Buden. Es riecht nach Zuckerwatte und gebrannten Mandeln. Auf den Karussells ist noch nicht viel los, nur die für kleine Kinder sind besetzt. Marie trifft zwei Mädchen, stellt ihnen Max auf Französisch vor; Luuk scheinen sie schon zu kennen. Die Mädchen gehen hinter eine Wurfbude und setzen sich auf einen umgefallenen Baumstamm. Max und Luuk bleiben vor ihnen stehen. Max weiß nicht so recht, wie er gucken soll. Die beiden lächeln ihn nett an. Eine ist blond, die andere hat lange braune Haare. Aber die Hübscheste ist eindeutig Marie. Die Mädchen sind in ein Gespräch vertieft. Marie hat Stirnfalten, sie sieht plötzlich gar nicht mehr fröhlich aus, eher besorgt, und sie erzählt etwas von einer »Danielle«. Das ist jedenfalls alles, was Max versteht. Wenn er doch nur Französisch könnte. Luuk sieht auch nicht aus, als würde er wissen, worum es geht, allerdings scheint es ihn auch gar nicht zu interessieren. Er streicht sich mit den Fingern durch die Haare und guckt zum Box-Automaten, an dem sich gerade ein paar Jugendliche messen und abwechselnd auf einen Ball eindreschen. Dann dreht er sich zu Max und fragt, ob Max das erste Mal in Vic sur Mer sei. Er sagt, er wäre schon das dritte Mal hier, und dann fragt er, welche Autos Max toll findet. Max zuckt die Schultern. Autos

sind ihm eigentlich egal. Hauptsache, sie fahren und man steckt nicht im Stau. Er interessiert sich mehr für Boote.

»Porsche«, sagt er, damit Luuk nicht denkt, er hätte keine Ahnung.

»Welchen denn?« Luuk bekommt leuchtende Augen. Max würde lieber erfahren, worüber sich Marie Sorgen macht, aber Luuk wartet auf eine Antwort.

»Neunelfer«, sagt Max so lässig wie möglich und freut sich, Luuk in echtes Staunen zu versetzen. Letzten Winter hatte Max von Opa ein Autoquartett-Kartenspiel geschenkt bekommen und eine Zeit lang mit Ben gespielt. Daher weiß er, dass eine der wertvollsten Karten die mit einem silbergrauen Porsche ist, den man »Neunelfer« nennt.

Marie redet weiter mit ihren Freundinnen. Max muss sie immerzu anschauen. Ihre Stimme ist so seidig und flott, wie warmer Wind in einem Segel. Wenn sie ihn dann auch noch anguckt, mit diesem sagenhaften Lächeln, ist er kein Kapitän mehr, sondern ein gestrandeter Matrose, mit den Füßen im Sand und wackligen Beinen. Wenigstens ist er kein Autofan, der sich kiloweise Gel ins Haar schmiert. Gerade hat Marie schon wieder diesen Namen genannt: »Danielle«. Und dabei verschwindet auch ihr Lächeln wieder.

Luuk tippt Max an und fragt, ob er auch am Motorgeräusch die Automarken erkennen kann. Max will gerade

»Nein« sagen, aber da gucken ihn alle Mädchen erwartungsvoll an, einschließlich Marie.

»Toyota Verso«, sagt er schnell, denn das ist Papas Auto, das er schon hört, wenn er abends nach der Arbeit um die Straßenecke in die Hofeinfahrt biegt. Luuk will jetzt Automarken-Raten spielen. Er fragt, ob Max mit ihm nach Hause kommt, auf seinen Balkon. Wer als Erster, ohne zu gucken, nur am Klang herausfindet, was für eine Marke unter ihnen entlangfährt, kriegt einen Punkt. Wer fünf Punkte hat, hat gewonnen.

»Och nö«, sagt Max. Er will hierbleiben, mit Marie, so lange wie möglich. Die springt jetzt allerdings vom Baumstamm auf und verabschiedet sich von ihren Freundinnen und sagt auch zu Luuk und Max, dass sie jetzt nach Hause geht, es sei auch gleich acht.

»Schon acht?«, sagt Max. Verrückt, wie schnell die Zeit hier vergeht. Bestimmt gehen die Uhren in Frankreich anders. »Wo wohnst du?«

Marie zeigt hinter den Park. Es ist die andere Richtung.

»Salut«, sagt sie und lächelt ihn an. »Bis morgen.« Und dann verschwindet sie hinter einem dieser Büsche mit den weißen Blüten, die so gut riechen.

Max verabschiedet sich von Luuk und geht über die Promenade nach Hause. Er überlegt den ganzen Weg, ob Marie Luuk auch so angelächelt hat wie ihn. Hoffentlich nicht. Zu ihm hat sie jedenfalls nicht »Bis morgen« gesagt, nur dieses »Salüh!«. Das scheint man hier zur Begrüßung und zum Abschied zu sagen. Wie praktisch, nur ein Wort für beides. »Salüh«, sagt er und freut sich, dass er jetzt doch schon ein bisschen Französisch spricht – und natürlich auf morgen! Hoffentlich ist Marie dann wieder fröhlich.

Kapitel 8

Am nächsten Morgen macht Max die Augen auf und sieht Seehund auf seinem Nachttisch thronen. Mit einem Satz ist er aus dem Bett, tapst barfuß über die Bodenfliesen zum Fenster, zieht die Vorhänge auf, öffnet das Fenster, lässt den Duft nach trockenem Sand und diesen weißen Blüten rein, die auch in der Hecke unter seinem Fenster wachsen und so gut riechen. Der Himmel ist riesig und blau, nicht eine Wolke zu sehen. Auf der Promenade gehen ein paar Leute mit Baguettes entlang, diesen langen, dünnen Broten. Ihre Haare flattern alle in dieselbe Richtung wie die roten Flaggen am Fahnenmast. Die waren gestern noch nicht da. Weiße, schaumige Wellen überschlagen sich krachend am Strand und er kann sogar von hier das Tosen hören.

»Mist«, sagt er laut. »Dann kann ich heute wieder nicht mit Seehund segeln gehen.«

Es ist so windig, dass sogar die Möwen abgetrieben werden. Eine wird in Richtung Promenade geweht und fliegt so tief, dass sich zwei Männer vorsichtshalber ducken. Eine andere Möwe geht lieber zu Fuß und guckt nebenbei, ob etwas zum Fressen neben den Mülleimern liegt. Die roten Fahnen knattern laut. Am Strand sind kaum Leute. Ein paar liegen in diesen Muschelzelten und halten nur ihre Füße raus. Im Wasser ist keiner.

Was soll man denn bloß bei so einem starken Wind tun? Am besten geht er nach dem Frühstück zum Caravan und bezahlt erst einmal seine Schulden bei Maries Mutter. Hoffentlich trifft er dort Marie.

Kakaogeruch steigt ihm in die Nase. Er hört Ben die Treppe herunterhopsen. Max geht auch nach unten. Papa war schon beim Bäcker und hat frische Croissants mitgebracht. Auf dem Tisch stehen Honig, Brombeermarmelade und Butter. Max liebt Süßes am Morgen. Mama presst Orangen aus und bittet Max und Ben, Schüsseln, Messer und Löffel auf den Tisch zu stellen. Sie essen drinnen, weil Papa sagt, auf der Terrasse flöge ihnen sonst die Butter weg.

»Leider wird es erst mal so stürmisch bleiben. Wenn die roten Fahnen gehisst sind, darf man nicht mal baden.«

»Das ist ja blöd«, sagt Max.

»Saublöd«, sagt Ben. »Wie soll man sich bei dem Wind präzise Pässe zuspielen?«

Papa zieht die Stirn kraus. Nach einer Weile sagt er: »Wisst ihr was, ich habe eine gute Idee.«

»Was denn?«, fragen Max und Ben wie aus einem Mund.

»Nach dem Frühstück machen wir einen Ausflug in den Aquapark.«

»Aquapark? Was ist das denn?«, will Max wissen.

»Ein Erlebnispark mit Wasserrutschen und Grotten.«

»Grotten?«

»Höhlen, die durch Felsen führen, du Hirni.«

»Ich bin kein Hirni!«

»Kinder, bitte!«, sagt Mama. »Unterwegs können wir ein schönes Picknick machen.«

»Och nö!«, mault Ben. »Ich kann jetzt nicht weg. Wir sind gerade dabei, eine Mannschaft aufzubauen, und wollten heute die Positionen bestimmen. Gestern sind zwei Jungs aus Landshut angekommen, die spielen super im Sturm, und ich werde Mannschaftskapitän ...«

»Ich möchte auch lieber hierbleiben, bei meinen Freunden«, sagt Max.

»Ist ja schön, dass ihr schon so schnell Anschluss gefunden habt«, sagt Papa. »Aber ab und zu mal ein kleiner Familienausflug kann doch nicht schaden.«

»Nee, ist ja auch cool, aber doch nicht heute«, sagt Ben, stopft sich ein halbes Croissant auf einmal in den Mund und klemmt sich den Ball unter den Arm. Er kaut mit dicken Backen und grinst Max an. »Seit wann spielst du denn mit Mädchen?«

Max merkt, wie er rot wird, und ärgert sich darüber.

»Warum soll er denn nicht mit Mädchen spielen?«, geht Mama dazwischen. »Als du deinen Fußballtick noch nicht hattest, hast du dich Mädchen gegenüber auch ganz normal verhalten.«

»Ich hab keinen Fußballtick«, sagt Ben. »Ich bin ein Profi.«

»Na, ist ja schön, wenn *ihr* wenigstens keine Langeweile habt«, mischt Papa sich ein. »Dann bleiben wir eben hier.«

»YES!«, ruft Ben und reckt die Faust in die Luft.

Max freut sich im Stillen.

Das Ferienhaus liegt zwischen Krebs und Qualle und der Caravan von Maries Eltern befindet sich genau am Delfin. Dazwischen gibt es noch Nixe, Seestern und Pirat. Er entdeckt Marie in der Nähe der Nixe. Sie reicht gerade einem Kind eine Tüte mit Chichis. Er geht schnurstracks zu ihr. Sie sieht ihn schon kommen und lächelt ihn an.

»Bonjour, Max!« Wie schön es sich anhört, wenn sie seinen Namen ausspricht.

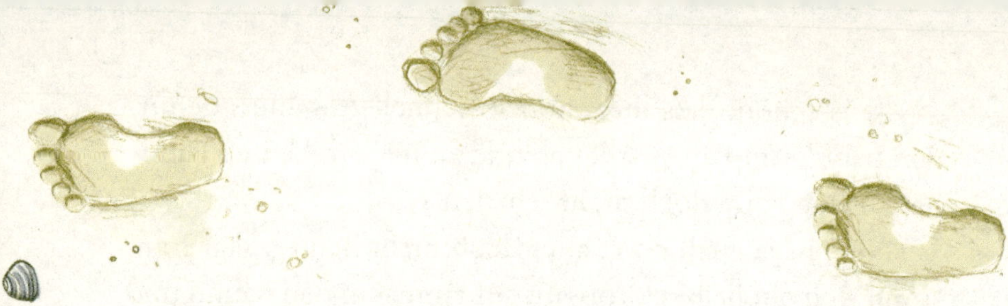

»Bonjour, Marie«, sagt Max. Er mag es auch, ihren Namen auszusprechen: M a r i e.

Sie hat einen Stein auf die Servietten in ihrem Bauchladen gelegt, damit sie nicht wegfliegen.

Dann kommt eine Frau mit Hut, den sie mit einer Hand festhält. Sie möchte zwei Tüten Chichis. Max schaut Marie zu, wie sie geschickt in ihrem Bauchladen hantiert, sich gegen den Wind dreht, schnell eine Serviette unter dem Stein hervorzieht und schützend über die offene Seite der Tüte mit den Chichis legt, bevor sie sie der Frau reicht. Dabei spricht sie Englisch mit ihr, nimmt Geld entgegen, steckt es in ihre kleine Gürteltasche und gibt Wechselgeld heraus. Die Engländerin gibt ihr einen Euro Trinkgeld. Marie bedankt sich, wünscht der Frau noch »A wonderful day«. Als Nächstes kommt ein kleiner Junge. Er legt ihr einen Euro auf den Bauchladen und Marie reicht ihm vorsichtig eine Tüte, sodass er sie mit beiden Händen entgegennehmen kann.

»Moei oppassen«, sagt sie zu dem Kleinen.

Er leckt sich über die Lippen und nickt. »Dank je wel!«, sagt der Knirps und geht zu seinen Eltern ins Muschelzelt.

»War das Holländisch?«, fragt Max.

Marie nickt. Sie hat nur noch eine Tüte übrig.

»Was hast du zu ihm gesagt?«

»Dass er schön aufpassen soll«, sagt Marie. »Wenn er die Chichis in den Sand fallen lässt, freuen sich die Möwen.«

»Das hast du ihm aber nicht alles gesagt.«

»Nein. So gut ist mein Holländisch nicht. Aber man kann sich auch mit wenig Wörtern verständigen.«

»Ja, finde ich auch, aber meine Englischlehrerin kapiert das nicht. Die gibt uns jeden Tag neue Vokabeln auf.« Er schaut Marie von der Seite an. Von der Seite ist sie auch sehr hübsch. Ihre kurzen Haare flattern wild im Wind und überdecken ihre Spangen.

»Hast du Holländisch von Luuk gelernt?«

»Nö. Vom Strand.«

Max atmet auf.

Marie findet Holländisch lustig. »Na ja«, sagt Max. »Geht so.«

Sie gehen zusammen am Strand entlang. Er muss sie schon wieder von der Seite angucken, sieht, dass sie heute zwei kleine Seesterne im Haar hat.

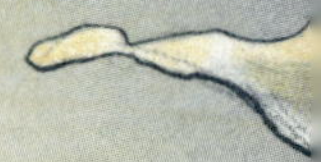

»Woher kennst du eigentlich Luuk?«

»Er kommt jedes Jahr mit seinen Eltern und wohnt in einem von unseren Appartements.«

»Was denn für Appartements?«

»Na, Ferienwohnungen. Meine Eltern vermieten drei Appartements an Touristen. Luuk wohnt immer in dem im Dorf, am Kreisverkehr, damit er möglichst viele Autos hören kann.«

»Ganz schön verrückt.«

»Ich find's witzig«, sagt Marie und nimmt sich ein Chichi aus der letzten Tüte, beißt einmal ab und reicht es Max. Er beißt auch einmal ab und gibt es zurück. Im Nu haben sie die Tüte leer gefuttert. Schade. Von Marie hätte er sich gern noch weiterfüttern lassen.

»Ich muss jetzt nach Hause, ich fahre mit meinem Vater einkaufen. Hast du Lust, heute Nachmittag zum Caravan zu kommen?«

»Klar, wann denn?«

»Gegen drei?«

»Gut.« Max würde auch um zwei kommen oder um vier oder fünf. Hauptsache, dieser Luuk kommt nicht auch.

»Salut«, sagt Marie und geht. Max steht noch da und weiß einen Moment lang nicht, in welche Richtung er muss. Dann sieht er den Markierungspfeiler mit dem Piraten. Er stapft durch den Sand zur Promenade. Jetzt hat er ganz vergessen, Marie nach dem vielen Geld zu fragen, das sie unbedingt verdienen muss, und was sie gestern so bedrückt hat.

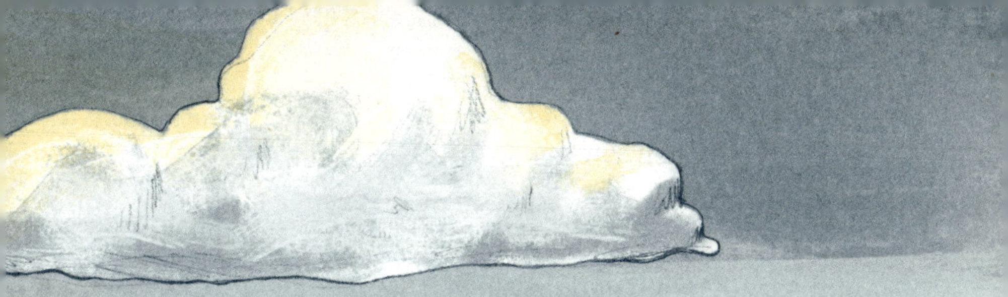

Kapitel 9

Max geht schon um halb drei los. Der Wind ist noch stärker als am Morgen. Er hat das Gefühl, dass er wegfliegt, wenn ihn eine Böe von hinten erfasst. Der Sand, der gegen seine Waden weht, pikst wie tausend Stecknadeln. Max fängt an zu laufen, aber davon pikst es nicht weniger. Am Caravan angekommen, fliegt Marie seitlich aus dem Eingang, weil der Wind die Tür aufreißt. Max lacht, aber Marie guckt böse.

»Was ist denn so schlimm daran, wenn du heute mal eine Pause machst?«, hört Max ihre Mutter aus dem Innern rufen.

Wortlos nimmt Marie zwei leere Limonadenkästen von einem Kistenstapel und stellt sie an die Rückwand des Caravans, einen für sich, einen für Max. Da sitzen sie nun windgeschützt im Schatten. Max spürt, dass Marie wütend ist, aber sie sagt nichts. Er sagt auch nichts. Er kommt sich vor wie in der Wüste. Sandkörner fliegen durch die Luft und bilden Hügel, wie kleine Dünen, von deren Rändern

Sandlawinen rutschen und neue Dünen bilden. Marie malt mit ihren Zehen Muster in den Sand, die sofort wieder verwehen. Ihre Seesternspange ist von lauter Haarsträhnen verdeckt. Eine leere Chipstüte fliegt vorbei. Marie fischt sie im Flug auf und stampft sie in den Sand.

»Warum bist du denn so wütend?«, fragt Max.

»Ich brauche dringend Geld.«

»Und wofür?«

»Für Bonny.«

»Bonny?«

»Bonny ist ein Pferd.« Marie sieht ihn von der Seite an und plötzlich hellt sich ihr Gesicht auf. »Ich habe auf ihr reiten gelernt. Bonny und ich kennen uns schon seit dem Kindergarten. Wir sind gleich alt.«

»Bonny ist eine ›sie‹?«, fragt Max erstaunt. Für ihn waren bislang alle Pferde Hengste.

»Ja, eine wunderschöne Stute.«

»Aha.«

»Sie steht bei Pierre, aber Pierre kann sie nicht länger behalten. Pierres Tochter, Danielle, will Bonny an eine Reitschule in Paris verkaufen.«

Max stutzt. Danielle? – Den Namen hat er doch letztens auf dem Jahrmarkt gehört.

»Aber Pierre hat mir versprochen …«

»Wer war noch mal Pierre?«, unterbricht er sie.

»Na, der alte Mann, bei dem Bonny steht, der Vater von Danielle. Er hat mir versprochen, dass ich Bonny haben

kann, für einen Freundschaftspreis, und dann kann sie hierbleiben. Ich muss auf jeden Fall verhindern, dass Bonny in so eine blöde Reitschule nach Paris kommt, wo jeden Tag jemand anderes auf ihr rumhoppelt und sie in einer Halle immer in die Runde laufen muss.« Maries Augen schimmern.

Max denkt an sein blaues Porzellan-Sparschwein zu Hause, das schon ziemlich schwer ist und auch einige Scheine im Bauch hat. Das würde er ihr sofort schenken, damit sie bloß wieder fröhlich ist. Aber wie soll er es herholen? Ihm muss dringend was Besseres einfallen. Es zerreißt ihm das Herz, Marie so traurig zu sehen. Am liebsten würde er einen Arm um sie legen und sie trösten, aber er traut sich nicht. Er nimmt eine Handvoll Sand, überlegt und lässt dabei den Sand durch die Finger rieseln wie Wasser.

»Können dir deine Eltern das Geld für Bonny nicht geben?«

»Meine Eltern wollen kein Pferd. Sie dürfen auch nicht wissen, wofür ich das Geld brauche. Ich habe gesagt, ich verkaufe in den Ferien Chichis am Strand, weil ich für einen guten Zweck sammle. Wenn ich Bonny erst mal gekauft habe, sagen sie bestimmt nicht mehr Nein. Außerdem ist es ja für einen guten Zweck. Ich rette ein Pferd.« Sie schaut ihn mit großen Augen an. »Ich weiß auch schon, wo ich sie unterstellen kann. In der Marmeladenfarm. Die haben selber Pferde und noch Platz, da hab ich schon mal nachgefragt.«

»Warum kann Bonny denn nicht bei diesem Pierre bleiben?«

»Weil Pierre bald in eine Seniorenresidenz zieht und dann bekommt Danielle Haus und Hof und wird sofort alles verkaufen, auch die Tiere. In Paris kriegt sie mindestens das Doppelte für Bonny.«

»Und wie viel Geld brauchst du, um sie Pierre abzukaufen?«

»500.«

»Euro?«

»Ja, denkst du Rubel, oder was?«, pfeift Marie ihn an. Sie hat einen ganz roten Kopf.

Max schluckt. »Wie viel Geld hast du denn schon zusammen?«

»Um die hundert Euro.«

»Und wann kommt Danielle?«

»Sie wollte eigentlich in drei Wochen kommen, aber bei ihr weiß man nie. Vielleicht kommt sie schon früher. Ich hab allen meinen Freunden gesagt, sie sollen die Augen aufhalten.«

Bei Max rauscht es im Kopf. »Mit anderen Worten, du brauchst noch 400 Euro?«

Marie beißt sich auf die Lippe und nickt. »Zuerst dachte ich, ich krieg das Geld locker zusammen, aber 500 Euro ist verdammt viel Geld. Und dafür ist die Zeit ganz schön knapp. Was soll ich denn bloß tun?«

Max guckt aufs Meer. Unermüdlich tost es vor sich hin.

Am Strand kämpfen ein paar Spaziergänger mit gebeugten Köpfen gegen den Wind. »Ich könnte dir beim Chichi-Verkaufen helfen.«

»Wie denn?«

»Ich kann losflitzen und dir Nachschub bringen, wenn dein Tablett leer ist, dann musst du nicht immer zurück zum Caravan laufen und verschwendest damit keine Zeit. Und frag doch mal, ob deine Mutter Chichis mit Nutella machen kann. Die verkaufen sich bestimmt super, die könnten auch teurer sein. Und soll ich meine Mama mal fragen, ob sie eine Chichi-Webseite für euch macht?«, sprudelt es aus ihm heraus. »Sie ist Webdesignerin, das ist kein Problem für sie. Und dann wissen alle, dass es hier leckere Chichis gibt, und kommen extra dafür her.«

Marie lächelt wieder. Zum Glück! Max springt auf und baut sich vor ihr auf. Er ist jetzt richtig in Fahrt. »Und wir sagen einfach, in einem der Chichis wäre ein Diamant versteckt, dann wollen alle Chichis kaufen! Das spricht sich in ganz Frankreich herum und es kommen ganz viele Leute.«

Marie lacht laut auf. »Du hast echt super Ideen.« – »Super« spricht sie wieder mit »ü« aus. Sie steht auf und fischt die zertretene Chipstüte aus dem Sand und wirft sie in einen Mülleimer. Dabei flattern ihr die Haare sofort wieder ins Gesicht. Wie schön sie aussieht! Max ist so froh, dass er bei so einer wichtigen Angelegenheit ganz allein mit ihr ist, ohne diesen Holländer.

»Bei diesem blöden Wind kann ich gar nichts verkaufen«, sagt Marie.

»Ja, echt doof. Mein Boot steht auch immer noch in meinem Zimmer auf dem Trockenen.«

»Ach, dein Boot«, sagt sie plötzlich. »Weißt du was? Lass uns zum kleinen See gehen. Da können wir es fahren lassen. Da ist kein Wind. Eigentlich ist er geheim, nur mit Bonny reite ich dort manchmal hin. Aber dir würde ich ihn zeigen.«

»Mir ganz allein?« Max geht das Herz auf.

»Ja.« Sie schmunzelt.

»Er ist aber nicht so geheim wie der rosa See. Der ist echt geheim.«

»Ein rosa See?«

»Ja, aber da können wir dein Boot nicht mit hinnehmen.«

»Dann lass uns mal mit dem halb geheimen See anfangen«, sagt er, noch ganz verwirrt wegen ihren finanziellen Problemen und den geheimen Seen. Die Idee, Seehund aufs Wasser zu lassen, findet er toll.

»Gut«, sagt Marie und lächelt zaghaft. Ihm klopft immer noch das Herz. Er schaut auf die fliegenden Sandkörner, die eine Bö gerade vorbeiweht.

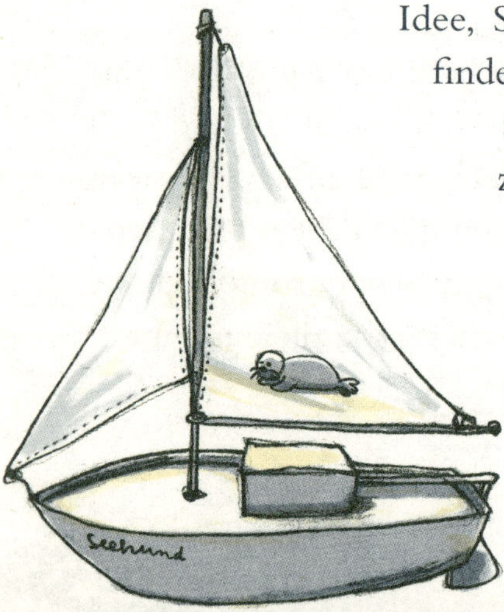

»Ich muss meinen Eltern kurz Bescheid sagen. Kommst du mit?«

Marie nickt. »Wir müssen sowieso an eurem Haus vorbei.«

Auf der Promenade fliegt ihnen wenigstens kein Sand mehr ins Gesicht. Max scheint jedoch nicht der Einzige zu sein, der das rausgefunden hat. Es ist so voll wie eine Einkaufsstraße am Samstagnachmittag. Alle Plätze in den Cafés sind besetzt und auf den Tischen stehen riesige bunte Eisbecher mit Früchten und Fähnchen.

»Hier bringt es auch nicht viel, Chichis zu verkaufen«, sagt Marie. »Die Eisdielen sind eine zu große Konkurrenz für mich.«

Marie hört sich an wie eine richtige Geschäftsfrau und er kommt sich auch schon vor wie ein Geschäftsmann. Überhaupt ist es wunderschön, mit ihr über die Promenade zu gehen, nicht so langsam wie all die Urlauber, sondern schnellen Schrittes – eben wie richtige Geschäftsleute, die keine Zeit zu verlieren haben. Obwohl sie ja jetzt Boot fahren gehen. Plötzlich hört er eine Stimme hinter sich.

»Marie!«

Die Stimme kennt er doch. Es ist Luuk. Max tut so, als hätte er nichts gehört, aber Marie dreht sich um und bleibt stehen.

»Hoi«, sagt Luuk und kommt auf sie zu.

»Hoi«, sagt Marie.

Na gut. Dann sagt Max eben auch »Hoi«.

»Wo geht ihr hin?«

Max sagt nichts. Er hat überhaupt keine Lust, dass Luuk mit ihnen zu diesem halb geheimen See kommt. Er möchte Luuk auch nicht sein Boot zeigen und ihn schon gar nicht mit Seehund fahren lassen. Er möchte am liebsten einfach weitergehen, mit Marie.

»Kommt doch mit zu mir«, sagt Luuk. »Ist eh so windig draußen.«

»Geht leider nicht«, sagt Marie schnell.

»Wieso nicht?«

»Wir müssen was erledigen.«

»Was denn?«, will Luuk wissen.

»Ach, was holen, für meine Mutter. Wir kommen später bei dir vorbei, okay?«

Dann sagt Marie: »A tout.« Max sagt auch »A tout«, obwohl er immer noch nicht genau weiß, was das heißt. Irgendeine Verabschiedung muss es sein.

»Okay«, sagt Luuk. »Dann bis später.«

Marie und Max gehen weiter. Max sagt nichts. Marie auch nicht. Es ist wohl besser, nichts zu sagen, wenn man gerade zusammen geschwindelt hat.

»Mama?«, ruft Max. »Papa?« Er steht mit Marie auf der Terrasse.

Aus der Wohnküche ruft Ben: »Sind einkaufen. Was gibt's?«

Max und Marie gehen in die Küche. Ben steht am offenen Kühlschrank und stopft sich Essensreste in den Mund, macht den Kühlschrank zu und schaut Marie mit großen Augen an.

»Das ist Ben, mein Bruder.«

»Hallo«, sagt Marie. Ben starrt sie an, als hätte er noch nie ein Mädchen gesehen, und wischt sich mit dem Handrücken den Mund ab. »Hi!«

»Wir holen mein Boot. Marie weiß, wo es windstill ist.«

»Ach ja?«

»Ja. Sagst du Mama und Papa Bescheid?«

»Aber du darfst nicht allein mit dem Boot raus.«

»Ich bin ja auch nicht allein.«

Ben starrt Marie immer noch an.

»Wir gehen nicht weit«, sagt Marie.

»Mein kleiner Bruder darf nicht ohne Aufsicht ins Meer«, sagt Ben und grinst. Max würde ihn am liebsten in die Rippen boxen.

»Wir gehen auch nicht ins Meer«, kontert Marie. »Keiner geht bei dem Wetter ins Meer!«

Max drängt Marie an Ben vorbei, bevor der weiterfragt. Sie gehen die Treppe hoch.

»Er muss nicht alles wissen«, flüstert Max Marie zu.

Marie schaut sich das Boot aus der Nähe an. »Es ist wirklich sehr schön. Es kommt mir jetzt viel größer vor als am Strand.«

»Vielleicht ist es ja gewachsen.« Max lacht. Er gibt Marie die Fernbedienung und schnappt sich das Boot vom Nachttisch, dann gehen sie nach draußen. »Hoffentlich vergisst mein blöder Bruder nicht, meinen Eltern Bescheid zu sagen«, sagt Max so laut, dass Ben es mithören kann. »Er hat nämlich Löcher im Gehirn.«

»Dann schreib ihnen doch einen Zettel«, sagt Marie. Aber so böse wie Ben ihn gerade anguckt, ist es wohl ratsam, so schnell wie möglich zu verschwinden.

Kapitel 10

Sie gehen einen Pfad entlang, neben dem diese großen Büsche wachsen, mit den duftenden Blüten.

»Das ist Oleander«, sagt Marie. »Der blüht in Weiß, Rot und Rosa. Es sind meine Lieblingsblüten.«

»Meine auch«, sagt Max. »Na ja, vielleicht nicht die rosanen.«

»Du magst kein Rosa?«

»Nicht unbedingt.«

Marie lacht. Er ist so froh, dass sie wieder lacht!

Der See liegt in einer Kuhle hinter sandigen Hügeln. Er schimmert blau und ist von dichten gelben Sträuchern umrandet. »Das ist Stechginster«, sagt Marie. »Der stoppt den Wind.«

»Ach so?«

»Und er ist sehr giftig. Das muss man kleinen Kindern sagen, damit sie nicht die Beeren essen. Die Zweige sind auch giftig.«

Marie findet ein Schlupfloch durch das Gestrüpp. »Pass

auf mit dem Ginster«, sagt sie und schlüpft als Erste durch die Lücke in den Büschen.

»Ich bin ja kein kleines Kind«, sagt Max und fragt sich, ob die Pflanze so giftig ist, dass man schon bei einer Berührung tot umfällt. Aber dann merkt er: Stechginster heißt nicht umsonst Stechginster, er hat überall kleine, spitze Dornen. Max hält sein Boot behutsam vor dem Bauch, damit es keine Schrammen kriegt. Sie kommen an einen schmalen Sandstrand.

»Hier habe ich schwimmen gelernt«, sagt Marie und zeigt auf den See.

»Wie alt warst du da?«

»Fünf.«

»Ich hab erst mit sieben schwimmen gelernt. Aber dafür konnte ich schon mit drei ohne Stützräder Fahrrad fahren«, sagt Max und wundert sich, dass Marie gar nicht staunt.

Sie sagt nur: »Ich erst mit sechs.«

Sie schauen aufs Wasser. Der Wind, der es über die grasbewachsenen Hügel schafft, wispert durch den Ginster und kräuselt leicht die Wasseroberfläche, aber nur an einigen Stellen. Das sieht aus, als würde der See schmunzeln. An Land entdeckt Max eine alte Feuerstelle.

»Hier kommen abends auch Jugendliche aus dem Ort her und grillen selbst gefangene Fische. Touristen kennen diesen Platz nicht. Du darfst es auch keinem verraten, sonst ist es mit der Ruhe vorbei.«

»Nein, natürlich nicht«, sagt Max. »Kennt Luuk den See?«

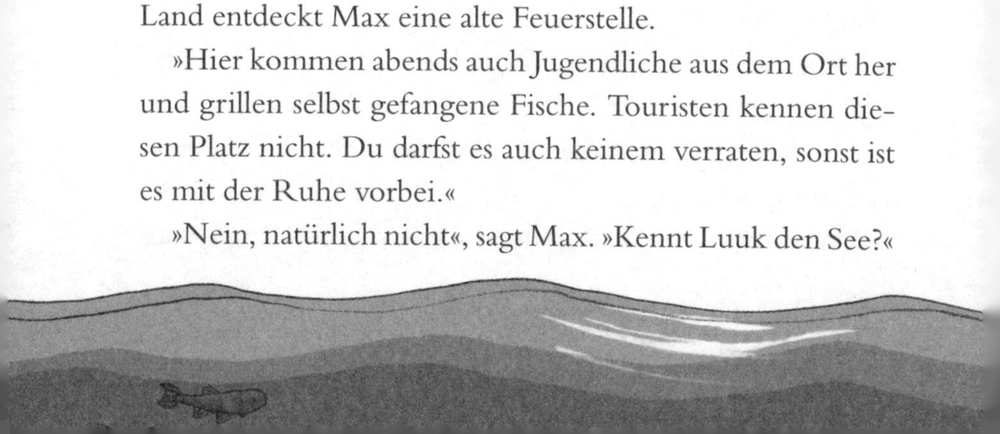

Marie schüttelt den Kopf.

»Weiß er von Bonny?«

»Nein, davon habe ich nur dir erzählt!«

»Das ist toll«, sagt er und strahlt sie an, bemerkt, dass sie total süße Sommersprossen auf der Nase hat.

»Luuk ist cool, total nett und lustig. Ich sag's ihm später.«

»Ach ja?« Max fände es viel besser, wenn es ein Geheimnis zwischen ihnen bliebe. Er umklammert sein Boot, drückt es noch fester an seinen Bauch. Es ist schon ganz warm. Möwen fliegen über ihnen und lachen. So hört es sich jedenfalls an.

»Komm jetzt weiter«, sagt Marie.

Sie dreht sich um, Max folgt ihr in eine kleine Bucht. In seinem Kopf drehen sich die Gedanken wie in einem Karussell. Er muss aufpassen, wo er hintritt, damit er nicht stolpert.

Marie zieht ihre Schuhe aus und tapst in den See. Max tritt sich auch die Sneakers von den Füßen. Er geht bis zu den Knien ins Wasser. Kleine graue Fische flitzen ihm durch die Beine. Er setzt das Boot ins Wasser und hält es vorsichtig mit beiden Händen am Heck fest. Hier ist es tief genug, dass das Kielschwert nicht auf Grund stößt.

»Willst du auch mal halten?«, fragt er.

»Warum halten, ich dachte, es fährt?«

»Tut es auch. Aber bevor es Fahrt aufnimmt, fühlt es sich ganz besonders an.«

Marie stakst auf ihn zu, bemüht, keine Wellen zu machen, und hält das Boot mit beiden Händen fest, genau so, wie Max es ihr zeigt.

»Oh ja«, sagt sie. »Es fühlt sich an, als wäre es wirklich ein kleiner Seehund und könnte gar nicht abwarten, endlich loszulegen.«

Max lacht. »Dann lass ihn noch ein bisschen strampeln«, sagt er und nimmt die Fernbedienung aus der Hosentasche. Er reguliert mit dem Joystick das Großsegel, spannt es etwas fester.

»Hilfe, Max!«, ruft Marie. »Es ist kaum mehr zu halten!«

»Na dann, lass los!«

Marie macht es genau richtig: Sie nimmt beide Hände gleichzeitig weg und steht so, dass das Boot freie Fahrt hat. Es rauscht leicht über das Wasser und hinterlässt eine schöne Fahrrinne. Max und Marie schauen ihm hinterher.

»Pass auf, jetzt lass ich Seehund eine Kurve fahren.« Max

hebt die Arme, hält die Fernbedienung, als wäre sie das Steuerrad, und legt den Kopf schief. Das fühlt sich gut an, aber noch besser fühlt es sich jetzt an, weil Marie ihm dabei zuschaut und weil er ihr Freund ist.

Das Boot wird langsamer, die Segel sind locker, Max bedient den Joystick so, dass das Boot sich dreht und die Segel sich mit frischem Wind aufblähen.

»Darf ich auch mal?«

Normalerweise darf keiner die Fernbedienung halten außer ihm. Aber bei Marie macht er gern eine Ausnahme. Er erklärt ihr kurz, wie sie funktioniert. »Ganz einfach. Sie hat nur zwei Joysticks. Der hier ist für die Segel, der andere für das Ruder. Du musst ein bisschen vorsichtig sein, nicht an den Sticks rumrütteln. Und du brauchst ja nicht gleich Kurven fahren.«

»D'accord«, sagt Marie.

»Was?«

»Das heißt ›okay‹.«

»Ach so.« Er will ihr gerade die Fernbedienung geben. Da sehen sie drei Möwen, die direkt über dem Boot kreisen. Eine fliegt immer tiefer und guckt nach unten.

»Die denkt doch wohl nicht, das ist ein fetter Fisch«, sagt Max.

Da schießt die Möwe im Sturzflug kopfüber ins Wasser. Zum Glück nicht genau aufs Boot, aber knapp daneben.

»Oh nein!«, ruft Max.

Durch den Aufprall hat die Möwe Wellen erzeugt, die Seehund heftig gegen den Bug schwappen.

»Kannst du es nicht schneller an Land holen?«

»Nein, es hat ja keinen Motor. Es fährt nur mit dem Wind.«

Die Möwe schaukelt auf den Wellen und schwimmt auf das Boot zu.

»Vielleicht denkt sie, es ist eine andere Möwe«, sagt Max.

»Dann ist sie aber ganz schön blöd.«

Wie kann er sie nur verscheuchen? Er schaut sich um. Irgendwas zu werfen wäre zu gefährlich, es würde nur noch mehr Wellen verursachen und das Boot selbst könnte getroffen werden. Da legt Marie die Hände wie einen Trichter um den Mund und stößt einen spitzen, langen Schrei aus. Und dann gleich noch einen. Die Möwe guckt sich um – Marie stößt noch einmal einen Schrei aus, dann lüftet die Möwe die Flügel und fliegt davon.

»Was war das denn?«, fragt Max.

»Ein Falkenschrei. Den benutze ich, wenn sie mir am Strand zu nahe kommen und meine Chichis fressen wollen.«

»Das war ein echter Falkenschrei?«

»Ja, und es hat sie verscheucht. Guck, keine Möwe mehr in Sicht!« Marie strahlt ihn an. »Darf ich jetzt die Fernbedienung haben?«

Max schaut sie bewundernd an, gibt ihr die Fernbedienung und beobachtet, wie sie das Boot vorsichtig durch die abebbenden Wellen manövriert. Sie hat die Augen dabei zusammengekniffen und die Zungenspitze zwischen die Lippen gepresst.

»Gar nicht schlecht für den Anfang«, sagt er. »Eigentlich sogar ziemlich gut.« Am liebsten möchte er sie Chichi nennen, weil sie so süß ist, und sie fest drücken. Aber er weiß nicht, ob man Mädchen einfach so drücken darf.

Sie lassen das Boot noch eine Weile fahren, wechseln sich ab mit der Fernbedienung und behalten den Himmel im Auge, aber es taucht keine Möwe mehr auf.

In der Ferne schlägt eine Kirchenuhr. Marie horcht auf. »Fünf Uhr. Pierres Siesta ist vorbei. Wollen wir ihn auf dem Rückweg besuchen? Dann kann ich dir mein Pferd zeigen und vielleicht hat Pierre ja schon von der Nachbarin gehört, wann Danielle kommt.«

»Wieso von der Nachbarin? Ruft Danielle ihn nicht an, wenn sie kommt?«

»Pierre hat kein Telefon.«

»Ach so?« Das hat er ja noch nie gehört, dass jemand kein Telefon hat.

Kapitel 11

Wasser tropft aus der Kajüte an Max' Bauch. Sein T-Shirt ist nass, eine schöne Erfrischung. Sie gehen über einen Pfad durch die Dünen und durchqueren einen Wald mit großen krummen Nadelbäumen. Auf dem Boden liegen überall runde Zapfen. Es riecht wie Omas Erkältungsbad. Er schnuppert in die Luft.

»Das sind Pinien«, sagt Marie und zeigt auf ein kleines Steinhaus mit grünen, schrägen Fensterläden auf einer Lichtung. Eine Weide grenzt an das Haus, mehrere kleine Ställe und ein mit Bambus gedeckter Unterstand. Da steht ein braunes Pferd mit dem Hintern im Wind und lässt den Kopf hängen. Als Marie es ruft, hebt es den Kopf, spitzt die Ohren und wiehert sogar. Neben ihm trottet eine weiße Ziege mit langem, spitz zulaufendem Bart. Sie hat Hörner und hellblaue Augen.

»Das ist Ginette«, sagt Marie und zeigt auf die Ziege. »Pierre hat sie nach seiner Nachbarin genannt, die heißt auch Ginette. Sie ist ihm zu neugierig und erzählt überall herum, dass Pierre zu viel Rotwein trinkt. Sie ist echt eine blöde Ziege. Aber diese Ginette hier ist keine blöde Ziege.« Die Ziege meckert, als würde sie Marie zustimmen.

Das Pferd reckt den Kopf und streckt sich in ihre Richtung, sie streicht ihm über den Hals. Max kann den warmen Pferdeatem riechen. Er riecht nach Heu. Ihm wird mulmig, mitten auf einer Weide mit zwei Huftieren, von denen eins viel größer ist als er und beißen kann und das andere spitze Hörner hat. Es stellt sich auf die Hinterbeine und schnuppert an seinem Boot. Max dreht sich schnell zur Seite.

»Ginette tut nichts«, sagt Marie und krault sie zwischen den Hörnern. Sofort stellt sich die Ziege wieder auf ihre vier Beine und hält Marie den Kopf hin, um weiter gekrault zu werden, aber das Pferd stupst die Ziege mit dem Maul weg. Ginette macht einen Sprung nach vorn und wäre fast in Max reingerannt. Marie lacht. »Die beiden sind immer eifersüchtig aufeinander, wenn es ums Kraulen oder ums Fressen geht. Komm, wir sagen Pierre Hallo.«

Sie gehen über die Koppel, Pferd und Ziege dicht hinter ihnen. Max zwingt sich, sich nicht andauernd umzudrehen.

Pierre ist ein alter Mann mit weißen Bartstoppeln und einer Baskenmütze. Marie stellt ihm Max vor. »Bonjour«, sagt er und Max sagt auch »Bonjour«. Das kommt ihm mittlerweile schon automatisch von den Lippen.

Pierre hat buschige weiße Augenbrauen. Er lächelt Max

freundlich an, fragt Marie was auf Französisch. Marie nickt. Der alte Mann steht auf, schlurft ins Haus und kommt mit einer Karaffe Saft wieder. Der Saft ist kalt, süßsauer und schmeckt gut. Dazu gibt es noch einen Teller voller kleiner Kuchen. Max hat das Boot auf den krummen Holztisch gestellt. Er kriegt mit, wie Marie Pierre erzählt, dass er das Boot selber gebaut hat. Der Mann nickt ihm anerkennend zu. Wenn er lächelt, verschwinden seine Augen hinter Falten.

Die beiden scheinen nun über das Pferd zu reden, sie sehen sehr ernst dabei aus. Es fällt auch öfter der Name Danielle, aber mehr versteht Max nicht. Ganz schön blöd, danebenzusitzen und nichts mitzukriegen. Er greift nach dem Kuchen. Der sieht total verschrumpelt aus und ist steinhart. Am liebsten möchte er ihn wieder zurücklegen, aber das tut man nicht. Max knackt ein Stück mit den Zähnen ab und kaut und kaut. Er schmeckt so muffig, dass er ihn am liebsten ausspucken möchte. Aber wohin? Er hat leider kein Taschentuch dabei. Er schluckt den Bissen runter, spült mit Saft nach und lässt das restliche Stück unauffällig in seiner Hosentasche verschwinden.

Nach einer Weile stehen Marie und Pierre auf und geben sich die Hände, wobei Pierre noch die andere Hand auf

Maries legt und dabei nickt. Marie sieht erleichtert aus. Das ist sicher ein gutes Zeichen. Max steht auch auf. Marie deutet mit dem Kinn an, dass er mitkommen soll.

»Wir misten schnell den Stall aus«, informiert sie ihn im Gehen, und schon hat er eine Mistforke in der Hand und soll in riesige grüne Gummistiefel schlüpfen. Marie selbst hat gelbe Gummistiefel, die ihr passen und total schön zu ihren sonnengebräunten Beinen aussehen. Hat er richtig gehört? – Stall ausmisten?

Sie gehen an frei laufenden Hühnern vorbei, durch einen Gemüsegarten auf die Koppel in den offenen Stall. Marie schnappt sich eine Schubkarre und sagt, er solle mit ihr kommen.

»Und was ist jetzt mit dem Pferd und dieser Danielle?«

»Erzähl ich dir später.«

Auf dem Stroh im Stall liegen Hügel von Pferdeäpfeln. Die sollen doch wohl nicht alle weggeschaufelt werden?

Sie nimmt ihm die Forke aus der Hand und sagt, er solle ihr mit der Schubkarre folgen, und dann fängt sie an, Forke für Forke Pferdekacke mit schmutzigem Stroh in die Schubkarre zu schippen. Dass es stinkt und Fliegen einem um den Kopf herumsummen, scheint sie nicht zu stören. Im Nu ist eine Schubkarre voll und der halbe Stall schon fast sauber. Max kommt sich blöd vor, als sie ihm die Schubkarre aus der Hand nimmt, den Mist abfährt und draußen auf einem großen Haufen aus-

leert. Wie sieht das denn aus, wenn er nur die Schubkarre hält?

»Hast du nicht noch eine zweite Forke?«, fragt er. Und schwups hat er sie schon in der Hand. Zuerst fallen ihm die Pferdeäpfel von den Zinken, aber er kriegt schnell raus, dass man das schmutzige Stroh mit den Pferdeäpfeln aufschichten muss, als würde man die Kacke auf ein Kissen betten. Die zweite Schubkarre fährt Marie noch mal ab, aber die dritte bringt er weg. Ganz schön wackelig, so ein Teil. Er presst die Lippen aufeinander und passt höllisch auf, dass ihm die Karre nicht umkippt. Doch er schafft es bis zum Misthaufen und leert sie aus, genauso wie Marie es getan hat.

Dann streuen sie frisches, duftendes Stroh in den Stall, das in den Sonnenstrahlen, die schräg durchs Fenster kommen, golden glänzt. Aber was noch mehr strahlt, ist Maries Lächeln, als sie sich bei ihm bedankt, weil er mitgeholfen hat. Max ist stolz auf sich. Am liebsten würde er ihr jeden Tag helfen. Dann zwickt ihn was am Hintern. Er fährt herum. Ginette knabbert seine Shorts an. Er springt zur Seite, holt den Kuchenrest aus seiner Tasche und wirft ihn ihr hin.

»Hab ganz vergessen, dich vor dem Kuchen zu warnen«, sagt Marie. »Der ist noch aus dem Zweiten Weltkrieg.« Sie grinst.

»Quatsch«, sagt Max.

»Aber aus dem letzten Jahrhundert bestimmt. Pierre hat die ganze Kühltruhe voller Kuchenreste. Gut, dass du keinen Aufstand gemacht hast. Das hätte Pierre gekränkt. Und guck mal: Ginette schmeckt er vorzüglich. Ich geb ihr sonst auch immer welchen.«

Die Ziege schleckt sich mit ihrer langen Zunge das Maul und stupst Max so fest an, dass er rückwärtsstolpert.

»Heh! Ich hab nichts mehr, ehrlich!«, pfeift Max sie an, aber Ginette scheint ihm nicht zu glauben. Als sie wieder anfängt, an seinen Shorts zu knabbern, und ihn mit den Hörnern an den Hintern stupst, rennt er von der Weide.

»Weißt du, was wenigstens richtig gut ist«, fragt ihn Marie auf dem Rückweg ins Dorf und wartet erst gar keine Antwort ab. »Pierre ist es ganz wichtig, dass ich Bonny übernehme und dass sie hier im Dorf bleibt und nicht nach Paris muss. Er hat mir noch mal fest versprochen, dass es für mich bei 500 Euro bleibt.«

»Habt ihr darüber vorhin geredet?«

»Ja. Er hat mir seine Hand darauf gegeben.«

Das hat Max gesehen.

Sie gehen durch eine Allee, in der die Bäume wie Elefantenfüße aussehen. Max hält Seehund mit einem Arm an die Seite gedrückt, auf der anderen Seite geht Marie. Sie ist in Gedanken versunken. Max weiß, woran sie denkt: wie sie möglichst schnell das Geld für Bonny zusammenkriegt.

»Hoffentlich lässt morgen der blöde Wind nach«, murmelt sie.

»Ja«, sagt Max. »Hoffentlich!« Am liebsten würde er sie küssen.

Kapitel 12

Es ist kurz vor acht, als er nach Hause kommt. Der Tisch ist gedeckt, Mama und Papa sitzen auf dem Balkon. Ben kommt mit frisch gewaschenen Haaren aus dem Bad. »Na endlich! Noch eine Minute später und wir hätten einen Hundesuchtrupp losgeschickt.«

»Haha«, sagt Max.

»Und wie siehst du überhaupt aus? Du hast ja Stroh im Haar. Warst du mit dem Mädchen in einem Heuschober, oder was?«

»Bist du doof?«, fragt Max, aber die Antwort kann er sich selber geben.

Mama kommt ihm entgegen. »Puh«, sagt sie. »Ich war schon kurz davor, mir Sorgen zu machen. Wo kommst du denn jetzt her?«

»Hat Ben euch nicht gesagt, dass ich mit Marie unterwegs war?«

»Doch, hat er«, sagt Papa. »Wo habt ihr das Boot denn fahren lassen?«

»Auf einem See«, sagt Max. Mehr will er nicht verraten.

Papa kommt durch die Balkontür. »Und, wie fährt es?«

»Super! Es hat keine Schlagseite. Der Wind kam von achtern und hat es nicht auf den See getrieben, sondern schön am Ufer entlang.«

»Max, ich möchte nicht, dass du irgendwo baden gehst ohne uns«, sagt Mama.

»Mach ich doch gar nicht. Wir waren nur bis zu den Knien im Wasser. Der See ist auch gar nicht tief.«

»Können wir jetzt nicht endlich essen? Ich falle gleich um vor Hunger.« Ben reibt sich über den Bauch. »Ich habe heute sieben Tore geschossen!«

Max geht sich schnell die Hände waschen und dann auf den Balkon. Als er das Brot, den Käse, den Salat und die Frikadellen sieht, merkt er erst, wie hungrig er ist.

»Ist das jetzt deine Freundin?«, fragt Ben mit vollem Mund.

»Was dagegen?«, fragt Max mit vollem Mund zurück.

»Sieht sehr nett aus, die Marie«, sagt Mama. »Aber muss sie denn jeden Tag mithelfen, diese Chichis zu verkaufen?«

»Sie muss nicht. Sie will.«

»Ganz schön bescheuert, in so einer Hitze zu schuften«, sagt Ben.

»Marie ist nicht bescheuert!«, faucht Max ihn an.

»Hey«, sagt Papa. »Nun mal langsam.«

»Ist doch wahr«, sagt Ben. »Wer latscht denn schon freiwillig den ganzen Tag durch den Sand? Da kann man doch nur eine Schraube locker haben.«

Max weiß gar nicht, was mit ihm geschieht, aber schon hat Ben seine Faust auf dem Bizeps – ein gut platzierter Pferdekuss, der sofort seine Wirkung zeigt. Ben jault auf und reibt sich den Arm, will gerade zum Gegenangriff übergehen und raunt ihm noch zu, dass sowieso noch eine Abreibung fällig wäre wegen den ›Löchern im Hirn‹, da schreitet Papa ein.

»Schluss jetzt!«, fährt er sie an, und dann muss Max mit Mama den Platz tauschen. Papa schimpft, wie unzivilisiert und kindisch sie seien.

»Ich nicht«, nuschelt Ben.

»Halt die Klappe!«, nuschelt Max.

Mama seufzt und räumt die Frikadellen ab. »Im Urlaub wird nicht gestritten«, sagt sie laut und holt den Nachtisch. Als Ben sich mit seinem Schälchen vor den Fernseher haut, um auf dem deutschen Sender Bayern München gegen Juventus Turin zu schauen, geht Papa mit seinem Schälchen Eis hinterher.

Mama steht neben Max in der Küche und schnuppert an seinen Haaren. »Du riechst irgendwie …«, sie berührt mit ihrer Nase seinen Nacken. Das kitzelt. »… nach Pferd.« Sie sieht ihn fragend an. Max gibt keine Antwort. Mütter müssen nicht alles wissen. Mama schnüffelt noch mal an ihm herum.

»Es reicht«, sagt er und geht einen Schritt zur Seite.

Mama bekommt verträumte Augen. »Das erinnert mich an den Reitstall, wo ich früher war.«

»Reitställe sind ›merde‹«, sagt er, weil er an die doofe Danielle denken muss, die Bonny an einen Reitstall in Paris verkaufen will.

»Ich liebe Pferdegeruch«, sagt Mama. »Aber wo kommt denn das Pferd her? Ich habe hier noch gar keine Pferde gesehen.« Sie schnuppert noch mal an seinem Nacken. »Da ist aber irgendwie noch ein anderer Geruch mit bei.«

»Ach, Mama«, sagt Max und zieht den Kopf ein. Er will jetzt nichts erzählen, auch nicht von Ginette. Er nimmt sein Schälchen mit Eis und rauscht aus der Küche. Das möchte er lieber oben im Bett essen. Wenn die anderen sich vom Tisch verdrücken, darf er das auch.

Kapitel 13

Wenn Max morgens die Augen aufmacht, sieht er den blauen Himmel durchs Fenster und hat ein warmes Gefühl im Bauch, als hätte er Sonnenstrahlen verschluckt. Sein erster Gedanke: Marie. Mit seiner Hilfe wird sie das Geld schon rechtzeitig zusammenkriegen. Zum Glück hat sich der Wind gelegt und Max begleitet Marie nun jeden Tag auf ihrer Chichi-Tour. Er reicht ihr saubere Servietten, holt Nachschub und trägt ihr sogar den Bauchladen. Zuerst kam er sich blöd vor, mit so einem Teil durch die Gegend zu latschen, vor allem wegen der roten Schleife im Nacken, aber wenn er Marie sieht, wie sie sich freut, wenn sie alles verkauft hat, ist ihm die rote Schleife schnurzegal.

Sie gehen zwei- bis dreimal am Tag los. Jetzt hat sie schon 263 Euro zusammen. Wenn sie weiterhin so gut verdienen, gehört Bonny in ein paar Tagen ihr. Allerdings bestehen Maries Eltern darauf, dass sie nicht den ganzen Tag am Strand herumläuft und nach zwei Tagen immer einen Tag Pause macht. Dann verschönert sie ihren Bauchladen, verziert ihn mit roten und weißen Bändern, die sie abwechselnd außen an das Holz klebt. Ihr Bauchladen sieht aus wie ein großes, eckiges Bonbon.

»Heute machen wir aber mal wirklich einen Ausflug«, sagt Mama am Frühstückstisch. »Wir können doch nicht immer nur am Strand herumhängen.«

»Nein!«, ruft Ben sofort und spricht Max aus der Seele. »Heute kann ich echt nicht.«

»Jeder macht hier sein Ding«, mault Mama. »Max ist auch den ganzen Tag verschollen. Wir unternehmen gar nichts zusammen. Das finde ich schade. Schließlich ist das unser Familienurlaub.«

Papa nickt. Er hat eine rote Nase, von der die Haut abblättert, weil er vergessen hat, sie einzucremen.

»Reicht doch, wenn wir uns zum Abendessen treffen«, sagt Ben mit einem halben Croissant im Mund. »Wir sind auch immer pünktlich.«

»Ja, wenigstens das«, sagt Mama. »Aber wir könnten ja auch mal was zusammen machen, in diesen Aquapark fahren, zum Beispiel. Jetzt sind wir schon eine ganze Woche hier und nicht einmal aus Vic sur Mer herausgekommen.«

»Wir haben hier doch alles«, sagt Ben.

»Es ist so schön hier«, sagt Max.

Mama drängt Papa, dass er doch auch mal was sagen soll.

»Wir können auch in die nächste Stadt fahren. Da gibt es

ein tolles Kunstmuseum«, sagt Papa und kratzt sich an seiner roten Nase.

»Bei dieser Hitze durch ein Museum latschen? Ohne mich!« Ben verschränkt demonstrativ die Arme vor der Brust.

»Museen können wir uns auch zu Hause angucken«, sagt Max und verschränkt ebenfalls die Arme vor der Brust.

»Was können wir denn dafür, wenn euch langweilig ist?«, sagt Ben.

»Genau«, sagt Max. Er möchte auf keinen Fall einen Tag mit Marie verpassen. Zusammen mit Ben kann er den Familienausflug bestimmt verhindern. Mama seufzt schon so wie kurz vorm Aufgeben. Das tut ihm ein bisschen leid, weil es ja auch ihr Urlaub ist.

»Macht ihr doch zu zweit einen Ausflug«, schlägt er vor.

»Ja«, sagt Ben sofort. »Das wolltet ihr doch schon länger mal. Wir sind hier gut versorgt. Und abends treffen wir uns alle zum Abendessen und erzählen, wie unser Tag war.«

Mama seufzt. »Ihr seid mir ja schöne Schlawiner«, sagt sie und lächelt Papa an.

»YES!«, ruft Ben und reckt beide Fäuste in die Luft.

Max geht ins Badezimmer, putzt sich die Zähne und muss seinen Eltern versprechen, nur am bewachten Badestrand ins Meer zu gehen und bis dahin, wo er noch stehen kann.

»Geht klar«, sagt er. Und dann rauscht er los, zu Marie. Im Vorgarten wird er von Ben fast überrannt. Sie grinsen sich an, klatschen sich ab, weil sie gemeinsam wieder einen Ausflug verhindert haben.

»Viel Spaß mit deiner Flamme«, ruft Ben ihm noch hinterher.

»Neidisch?«, ruft Max, aber Ben dribbelt den Ball vor sich her und guckt sich nicht mehr um.

Kapitel 14

Max geht über die Promenade. Heute ist das optimale Strand-, Bade- und Chichi-Wetter, allerdings wäre es auch perfekt, um Seehund endlich mal richtig in See stechen zu lassen, im Meer. Heute Abend hat er bestimmt Zeit dazu, mit Marie. Er fängt an zu pfeifen, steckt die Hände in die Hosentaschen und pfeift im Gehen. Das hat er mal in einem Gangsterfilm gesehen. Als er Marie mit Luuk auf der Mauer vorm Caravan sitzen sieht, vergeht ihm das Pfeifen. Er sieht gleich, dass Marie geweint hat. Was ist passiert? Und warum sitzt Luuk so nah bei ihr?

»Pierre liegt seit gestern Abend im Krankenhaus«, sagt Marie und schaut ihn mit roten Augen an. »Er ist einfach umgekippt und immer noch nicht wieder ansprechbar.«

»Bestimmt ist er im Koma. Das ist, wenn man richtig doll ohnmächtig wird und nie mehr aufwacht«, sagt Luuk.

»Doch«, sagt Marie. »Davon kann man wieder aufwachen. Pierre wacht bestimmt auf. Hoffentlich bald.«

»Eine Tante von meiner Mutter ihrer Cousine lag mal

vier Jahre im Koma«, sagt Luuk.

»Und dann ist sie wieder aufgewacht?«, fragt Max.

»Nein, dann ist sie gestorben.«

Marie sieht Luuk entsetzt an.

»Pierre ist ja nicht die Cousine von Luuks Mutter.«

»Nee, das war die Tante meiner Mutter, davon die Cousine.«

»Ist doch scheißegal!« Max merkt, wie er sauer wird. Überhaupt, was sitzt Luuk hier und tut so, als wisse er über alles Bescheid?

Er setzt sich auf die andere Seite, neben Marie.

»Warst du schon bei ihm?«

Marie wischt sich mit dem Handrücken über die Augen und schüttelt den Kopf. »Ich darf ihn erst besuchen, wenn er aufgewacht ist«, schnieft sie.

»Bestimmt wacht er bald wieder auf«, sagt Max.

»Also, mein Uropa ist nicht wieder ...«

»Luuk! Hör auf!«, schnauzt Max ihn an, dass Luuk vor Schreck fast von der Mauer fällt.

Luuk springt in den Sand, legt eine Hand auf seine linke Brust und sagt: »Ik wens jij met heel mijn hart ...«

»Wie bitte?«, fragt Marie.

»Ich wünsche dir von ganzem Herzen, dass Pierre wieder gesund wird«, sagt er in etwas holperigem Deutsch.

Marie holt tief Luft. »Dank je wel, Luuk!«

Dann muss Luuk gehen, weil in zehn Minuten seine Surfstunde anfängt. Wird auch Zeit, findet Max.

Marie will jetzt unbedingt noch eine Chichi-Tour machen, weil es sie ablenkt und sie das Geld so schnell wie möglich zusammenkriegen muss, aber ohne ihre Fröhlichkeit läuft es nicht so gut. Es bricht Max das Herz, Marie so traurig zu sehen. Wie sie da steht, mit hängenden Armen, und ihre Zehen in den Sand bohrt. Die letzte Chichi-Tüte ist schon ganz fettig, da kriegt sie höchstens noch 50 Cent für.

Neben den hölzernen Umkleidekabinen setzen sie sich in den Schatten. Marie öffnet die Schleife im Nacken, legt den Bauchladen auf ihren Schoß, streckt die Beine aus und stützt sich mit den Armen hinter dem Rücken ab.

»Das schaffen wir nie«, sagt sie leise. »Ich habe Angst, dass Danielle jetzt sofort kommt und Bonny mit nach Paris nimmt. Pierre kann ihr ja jetzt nicht sagen, was er mir versprochen hat, und mir glaubt sie bestimmt nicht.«

»Ist Geld denn so wichtig für sie?«

»Für sie ist Geld immer wichtig. Sie fährt schicke Autos und zieht nur voll teure Sachen an. Und ihre Handtasche ist von so einem Modeheini und kostet mindestens so viel wie ein Rennpferd.«

»Was kostet denn ein Rennpferd?«

»Mehr als zehntausend Euro.«

»So teuer kann doch keine Handtasche sein!«

»Es gibt noch teurere.«

»Nein.«

»Doch«, sagt Marie energisch. »Das steht in der ›Elle‹ und der ›Madame‹.«

Dazu kann er nichts sagen. Solche Modezeitschriften hat er zwar schon gesehen, aber nicht gelesen. Er schaut den Möwen nach, die wie Geier über ihnen kreisen und den Bauchladen im Blick haben. Max wartet auf Maries spitzen Falkenschrei, um sie zu verscheuchen, aber Marie gräbt nur mit den Füßen im Sand herum und starrt vor sich hin. Das Kreischen der Möwen hört sich an wie Gelächter. Max springt auf, er will hier nicht länger sitzen und ausgelacht werden. »Verschwindet!«, ruft er und fuchtelt mit den Armen in der Luft wie ein Fluglotse. Krächzend fliegen die Möwen davon. Zwei Kinder kommen auf sie zu. Max kennt sie vom Sehen her, deutsche Kinder, die schon öfter Chichis gekauft haben.

»Bist du hingefallen?«, fragt das Mädchen im roten Badeanzug und mit grüner Schirmmütze. Ihre kleine Schwester hat eine gelbe Schaufel in der Hand. Sie schaut auf die Chichis.

»Nein, ich mach nur eine Pause«, sagt Marie. »Wollt ihr die letzte Tüte haben?«

Die Kleine nickt sofort.

»Wir haben kein Geld dabei«, sagt die Größere.

»Schenke ich euch«, sagt Marie und reicht ihnen die Tüte. »Sind aber schon kalt.«

»Macht gar nichts«, sagen die Kinder und bedanken sich. Marie reicht Max ein Chichi, das wohl rausgefallen ist und nun ganz allein auf einem Stück Papier in dem Bauchladen liegt, und lächelt ihn dabei an. Max ist so froh, Marie wieder lächeln zu sehen. Er nimmt den Kringel und hält ihn ihr zum Abbeißen vor den Mund. Sie beißt rein. »Pappweich«, sagt sie. Er steckt sich die andere Hälfte in den Mund und sagt: »Mir schmeckt's trotzdem.«

»Mir auch«, sagt die Kleine. Ihre Schwester nickt zustimmend. »Bei der Hitze kann man die gut kalt essen.«

»Finde ich auch«, sagt die Kleine und leckt sich über die Lippen.

»Hoffentlich wird Pierre wieder gesund«, sagt Marie. Sie schaut in den Himmel und seufzt.

»Ist dein Opa krank?«, fragt die Kleine. »Meiner war auch krank, aber jetzt ist er wieder fit.« Das Mädchen lacht.

»Opa hat Glück gehabt«, sagt die größere Schwester. »Dein Opa hat bestimmt auch Glück und wird wieder gesund.«

»Er ist nicht mein Opa«, sagt Marie, nimmt ihren Bauchladen von den Beinen und steht auf. »Aber Glück kann er gebrauchen.«

»Glück kann jeder gebrauchen«, sagt Max. Plötzlich hat er die rettende Idee!

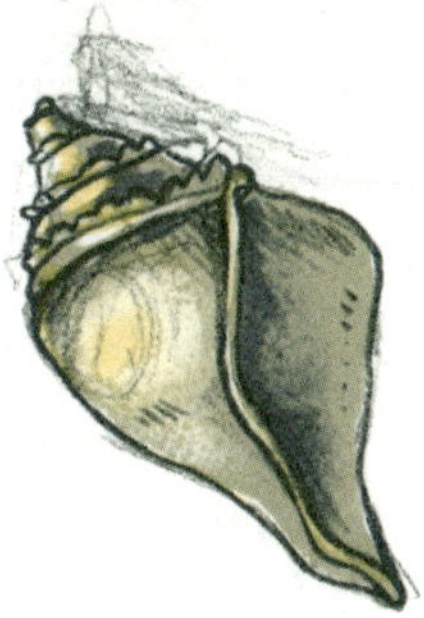

Kapitel 15

Max sitzt auf seinem Bett und überlegt. Es darf nur ein Satz sein, wie bei diesen Glückskeksen, die man beim Chinesen zum Nachtisch geschenkt bekommt. Ein Satz, den man ausschneidet und faltet und dann in Muscheln steckt. Marie findet seine Idee super, auch wenn sie viel Arbeit macht. Mit dem Verkauf von Glücksmuscheln kriegen sie das Geld bestimmt zusammen.

Sie haben schon tütenweise Muscheln gesammelt: schwarze Miesmuscheln mit der glänzenden Perlmuttschicht, helle, geriffelte herzförmige, die Max persönlich am schönsten findet, und flache, gestreifte. Marie kannte eine gute Muschelstelle.

Einige haben sie mit Silber- oder Goldstift angemalt, denn Glück hat genau diese zwei Farben, da ist sich Max sicher. Marie will den Muscheln noch eine Schleife aus rotem Stickgarn umbinden. Aber erst einmal müssen Max noch ein paar tolle Sätze einfallen, damit sie sie nachher als Glücksmuscheln am Strand verkaufen können.

»Wir müssen den Leuten Komplimente machen, dann kaufen sie eher«, hat Marie gesagt, aber Max kann doch nicht einfach: »Du bist ein total freundlicher Mensch«, schreiben. Nachher liest das dann ein ganz übler Ganove.

»Na und?«, hat Marie gesagt. »Dem schadet ein bisschen Glück sicher nicht.«

Max sind bis jetzt nur zehn Sätze eingefallen. Wie viele Marie wohl schon hat?

Am Nachmittag trifft er Marie bei ihr zu Hause. Sie wohnt in einem der alten Häuser hinter dem Park, beim Spielplatz. Ihr Zimmer ist im ersten Stock und hat einen kleinen Balkon mit weißem, verschnörkeltem Geländer und voller lila Blumen.

Marie sagt, er soll sich in den Sessel neben ihrem Bett setzen. Er schaut sich um und ist froh, dass ihr Zimmer nicht rosa tapeziert ist und auch keine Pferdeposter an den Wänden hängen. Auf ihrem Bett liegt eine dunkelblaue Decke. Marie setzt sich an ihren Schreibtisch und bittet ihn, seine Sätze vorzulesen. Er räuspert sich, schluckt, zieht die Nase hoch, hustet zweimal und fängt mit den Sätzen für Erwachsene an: »Spendieren Sie Ihren Kindern jeden Tag mindestens ein Eis. – Spendieren Sie Ihren Kindern jeden Tag mindestens eine Tüte Chichis am Strand. – Sie werden heute sofort einen Parkplatz finden.«

Max guckt hoch.

»Süper!«, ruft Marie. Max atmet erleichtert auf.

Nun ist sie dran: »Kein Selfie zeigt, wie schön du wirklich bist. – Wenn du mal traurig bist, guck einfach in den Himmel. – Wenn Menschen fliegen könnten, wärst du ein Adler.«

Max findet Maries Sätze auch »süper«. Sie lesen sich die restlichen vor, erfinden zusammen auch noch neue und entscheiden, dass sie alle Sätze auf Deutsch und Französisch schreiben. »Vielleicht kann uns Luuk ein paar auf Holländisch übersetzen?«

»Es darf nicht zu kompliziert werden«, sagt Max. »Ich finde, Französisch und Deutsch reicht, lieber noch welche auf Englisch. Meine Mutter kann uns da helfen.«

»Gut, aber ein paar holländische sollten wir trotzdem dabeihaben«, beharrt Marie. »Es gibt viele Niederländer am Strand. Luuk kommt nachher vorbei, dann kann er gleich welche mit abschreiben.« Dass Luuk noch vorbeikommt, und dann auch noch in Maries Zimmer, findet Max jetzt nicht so *süper.* Er würde die Aktion lieber mit Marie allein machen.

»Die Sätze für die Erwachsenen kennzeichnen wir mit einem weißen Punkt, ja? Die englischen blau, die französischen rot, die holländischen gelb, die deutschen lassen wir so und alle Kindermuscheln kriegen noch einen in Rosa.«

»Was? Äh, ja. Oder können wir für die Kindermuscheln nicht lieber Grün nehmen? Die kaufen ja nicht nur Mädchen.«

»Willst du damit sagen, dass Mädchen nur Rosa kaufen?«

»Jungs bestimmt nicht.«

»Wenn du meinst.« Marie streicht Rosa durch und schreibt Grün auf ihren Zettel. »Na los, dann sag mal an. Ich schreibe.«

Sie holt ein Blatt Papier. Max diktiert ihr die Sätze und guckt dabei auf das Regal an der Wand. Es geht bis zur Decke und ist voll mit Büchern, bunten Kästen, Spielen und lustigen kleinen Monstern, die verstreut in den Fächern stehen. In einem Fach sieht er mehrere Stapel Briefe, die mit weißen Bändern zusammengebunden sind.

»Sind das da echte Briefe?«, fragt er.

»Klar. Oder hast du schon mal unechte gesehen?« Marie lacht.

»Ich habe überhaupt noch nie so viele Briefe gesehen.«

»Die bekomme ich von meiner Tante aus Guadeloupe. Das ist eine Insel in der Karibik. Wir schreiben uns. Willst du mal die Briefmarken sehen? Wunderschön!«

Sie steht auf und nimmt den Stapel, öffnet die Schleife und zeigt ihm die Briefe.

»Wahnsinn«, sagt Max. Er musste seiner Oma auch mal einen Brief schreiben, als sie in der Kur war. Das war sehr umständlich, aber auch sehr schön, als er so ein prähistorisches Teil zurückbekam – mit seinem Namen drauf. Er fand es cool, dass er mit dem Messer in den Umschlag stechen und ihn am Falz aufschlitzen durfte.

Er schaut sich die Briefumschläge von Marie an. Auf den Briefmarken sind kleine bunte Vögel, knallgelbe Blumen und eine Abbildung von dunkelhäutigen Kindern, die neben Palmen in türkisfarbenem Wasser baden.

»Ich hab auch noch welche von meiner Tante aus Portugal und meiner Brieffreundin aus Australien.«

»Ist das nicht zu anstrengend zurückzuschreiben?«

»Nö«, sagt Marie und packt die Briefe wieder weg. »Ich schreibe gern. Los, lass uns mal weitermachen, sonst werden wir nie fertig.«

Nachdem sie zwei ganze Seiten vollgeschrieben haben, schneiden sie die einzelnen Sätze aus, falten sie ganz klein zusammen und legen sie in die Muscheln.

»Du brauchst auch einen Bauchladen«, sagte Marie. »Wir können die Muscheln ja nicht zusammen mit den Chichis anbieten.«

Sie gehen in die Garage. Dort steht Maries Vater an der Werkbank und sägt gerade ein Brett zurecht.

»Salut«, sagt er und Marie stellt ihm Max vor. Dass ihr Vater Franzose und ihre Mutter Deutsche ist, hat sie ihm ja schon erzählt. Der Vater spricht zum Glück auch Deutsch, was sich lustig anhört, mit seinem französischen Akzent. Er fragt, wie es Max geht und wo er wohnt und ob er heute schon schwimmen war. Es sei ja so ein schöner Tag und endlich wieder ohne Wind.

»Wir gehen später schwimmen, Papa«, sagt Marie. »Du musst uns jetzt mal eben helfen.«

»Comment?«, fragt er. Sein Deutsch ist anscheinend doch nicht so gut. Marie erklärt ihm was auf Französisch, wahrscheinlich, dass sie einen Bauchladen für Max brauchen. Der Vater nickt und zeigt in eine Ecke. Da sind mehrere Kisten gestapelt.

»Hier, die nehmen wir«, sagt Marie und greift nach einer Zitronenkiste.

Maries Vater macht ihr auf der Werkbank Platz und Max schaut zu, wie sie mit einem Handbohrer kleine Löcher in das dünne Holz bohrt, an den Ecken Bindfäden zusammenknotet und in einer Tüte mit bunten Bändern herumkramt.

»Es müssen nicht unbedingt rote Schleifen sein«, sagt Max.

Marie schmunzelt. »Nee, ich hatte auch eher an Rosa gedacht.«

Max lacht. Ganz schön frech, aber süß. Auch, dass sie ihn bei Pierre den alten Kuchen hat essen lassen.

»Hier«, sagt sie und hält ihm braunes Lederband hin. »Wie gefällt dir das?«

»Das ist cool.«

Sie bekleben die Zitronenkiste noch mit grünem Geschenkpapier. Keine halbe Stunde später ist sein Bauchladen fertig.

Kapitel 16

Max geht hinter Marie her, er kommt sich komisch vor mit dem Bauchladen. Er muss vorsichtig sein, damit die Muscheln nicht durcheinanderrutschen. Gar nicht so einfach, wenn man nicht sieht, wohin man tritt. Mit Maries Bauchladen und den Chichis war das irgendwie leichter.

»Immer schön lächeln!«, sagt Marie.

Max holt tief Luft. Der Strand ist proppenvoll. Alle sind fröhlich und baden, buddeln oder spielen Beachball. Leute gucken ihn an, kommen auf ihn zu. Hilfe! Was sollte er noch mal sagen? Und wofür war noch mal der blaue Punkt? Für die Erwachsenen-Muscheln oder für die Kinder-Muscheln? Wo hat er denn nur den kleinen Zettel hingetan, wo alles draufsteht?

Ein großer, dünner Mann mit weißer Sonnencremenase und gelber Schirmkappe kommt genau auf ihn zu.

»Was hast du denn da?«, fragt er. »Kann man das essen?«

Aha, ein Deutscher, Erwachsener, auf jeden Fall schon mal eine Muschel mit nur einem Punkt.

»Das sind Glücksmuscheln. Die kann man nicht essen, aber die machen glücklich.«

Der Mann beugt sich vor und lacht. Seine weiße Nase sieht aus wie ein Hühnerschnabel.

»Sehen Sie, es wirkt schon!«, sagt Marie. »Sie haben noch nicht mal eine Muschel geöffnet und schon sind Sie glücklich. Sie kosten nur einen Euro pro Stück!«

Der Mann lacht jetzt noch mehr. Sein Bauch wackelt dabei.

»Okay«, sagt er. »Ich kaufe eine. Eine große bitte.«

Max will ihm gerade eine mit grünem Punkt geben, da flüstert Marie: »Weiß!« Sie steckt ihm das Zettelchen zu.

»Ach, ich nehme noch eine«, sagt der Mann. »Die gestreifte da.«

»Die ist nur für Kinder«, sagt Max. »Aber wir haben auch noch gestreifte für Erwachsene – schauen Sie mal, hier.«

Der Mann nimmt sie und gibt ihm zwei Euro. Kaum hat Max die Münzen in die Hosentasche gesteckt, kommt ein Mädchen und kauft zwei englische Kindermuscheln, dann noch eine französische Frau, die gleich drei für Erwachsene möchte, und ein kleines deutsches Kind, das die kleine Muschel mit der blauen Schleife so schön findet.

»Ist da ein Lolly drin, der riesengroß wird, wenn man die Muschel ins Wasser legt?«

»Nein. Aber pures Glück«, sagt Max und will ihr schon gerade eine schenken, da kommt der Papa und kauft ihr die kleine Muschel und für die Mama eine große.

»Das Glück wirkt noch besser mit einer Tüte Chichis dazu«, sagt Marie und lächelt den Mann an. Der Mann lächelt zurück und nickt. »Na klar. Ich kaufe drei Tüten.« Marie reicht sie ihm.

»Danke«, sagt der Mann und dreht sich noch mal um, bevor er geht. »Du bist eine gute Geschäftsfrau.«

»Merci«, sagt Marie und strahlt.

Sie gehen weiter. Der Sand ist heiß, aber seine Füße brennen nicht mehr wie am ersten Tag, wo er dachte, er ginge auf Kohlen.

»Chichiiis, les bons Chiiichiiiis!«, ruft Marie und Max traut sich endlich auch: »Glücksmuscheln!«, ruft er. »Erstklassige Glücksmuscheln, hochwirksam!«

Französische Kinder umringen sie. Alle wollen wissen, was in den Muscheln ist.

»Du bonheur pur«, sagt Marie und übersetzt für Max: »Pures Glück.«

Die Kinder laufen zu ihren Handtüchern und kommen mit Geld wieder.

Als sie hinterm Caravan im Schatten hocken, merkt Max erst, wie k. o. und verschwitzt er ist. Die eiskalte Limo, die sie von Maries Mutter bekommen haben, geht runter wie nichts.

Kapitel 17

Sie haben 32 Euro mit nur einer Tour verdient. Das ist »süper«! Marie würde ja gern noch einmal losgehen, aber ihre Mutter lässt sich nicht überreden. »Für heute ist Schluss«, sagt sie und verschwindet wieder im Caravan.

Marie schaut auf ihre Armbanduhr. »Wollen wir zum rosa See gehen?«

»Soll ich mein Boot holen?«

»Nein, auf dem rosa See kannst du Seehund nicht fahren lassen. Das ist ein ganz besonderer See.«

»Ist das der richtig geheime See?«

»Ja. Und es ist die beste Zeit dafür.«

»Wofür?«

»Das wirst du ja sehen.«

Sie gehen über die Promenade, durch ein paar kleine Straßen raus aus dem Dorf, durchqueren das Pinienwäldchen und laufen noch ein ganzes Stückchen weiter als letztes Mal. Dann biegt Marie in einen schmalen Weg ein. Sie kommen an ein Schilfdickicht.

»Bist du sicher, dass wir richtig sind?«, fragt Max und bahnt sich mit den Händen einen Weg durch das dichte Schilf. Windböen lassen die Spitzen aneinanderklacken. Es hört sich an, als marschierte eine gigantische Ameisenarmee hinter ihnen her. Eben sind zwei von den Lampenputzern, diesen dicken, braunen Dingern, die wie aufgespießte Zigarren aussehen, in sein Gesicht geflutscht. Jetzt kämpft er mit lauter kleinen weißen Fusseln in Mund und Nase.

»Komm einfach hinter mir her«, flüstert Marie. »Und sei leise!«

Sie schleichen sich langsam voran. Max horcht auf. Was ist das denn für ein komisches Geräusch? Es quietscht, als würde jemand mit dem Finger über einen Luftballon fahren. Und da ist noch was – knarrende Türen? Max schaudert es. Führt sie ihn etwa in ein Geisterhaus? Die Geräusche werden immer lauter. Jetzt hört es sich an, als knautschten hundert Leute auf Luftballons herum. Er geht dicht hinter Marie her. Sie dreht sich um, mit dem Finger auf dem Mund.

»Wir sind gleich da«, flüstert sie, und da kriegt er auch schon den nächsten Lampenputzer ins Gesicht. Dann kommen sie auf eine Lichtung. Vor ihnen ist eine Düne. Marie macht ihm Zeichen mit der Hand, dass er sich ducken soll. Sie legt sich hin und kriecht bäuchlings durch den Sand. Er macht es ihr nach, bis sie oben an der Düne ankommen. Das knarrende, quietschende Geräusch ist jetzt noch lauter.

Max hebt den Kopf und dann sieht er, woher es kommt. Es verschlägt ihm die Sprache. Er kriegt nur ein »Oh!« heraus.

Marie dreht ihm den Kopf zu. »Wahnsinn, oder? Und wie viele es sind!«, flüstert sie.

Max steht der Mund offen. Er nickt.

Vor ihnen erstreckt sich ein riesiges rosa-wuscheliges Gewimmel. Jede Menge Flamingos schlängeln sich mit strichdünnen grauen Beinen durch einen flachen blauen See. Alle sind in Bewegung, eine rosa Federmasse, die elegant durchs Wasser stakst, mit langen Hälsen, kleinen Köpfen und krummen Schnäbeln, aus denen diese komischen krächzenden, knarrenden Geräusche kommen. Dabei drehen sie die Köpfe hin und her, als suchten sie jemanden oder wollten eine stark befahrene Straße überqueren.

»Guck mal ihre Schnäbel an«, sagt Marie. »Die sind fast so groß wie ihre Köpfe. Und dann diese krasse Mischung: vorne rosa und an der Spitze schwarz.«

»Ja. Und guck mal ihre Augen: gelb wie Bernstein.«

Das laute Geschnatter der Flamingos spürt Max sogar im Magen. Je länger er sie anschaut, desto faszinierter ist er. Solche Vögel hat er zwar schon mal im Zoo gesehen, ist aber immer ziemlich schnell vorbeigegangen, weil er dachte, rosa Vögel seien nur was für Mädchen. Jetzt kann er sich gar nicht an ih-

nen satt sehen. Die Vögel staksen durcheinander, wodurch sich immer wieder ein neues Bild ergibt, mit dem Blau des Sees und dem Blau des Himmels, der sich langsam orange färbt. Die Schatten sind auch schon sehr lang. Gleich geht die Sonne unter. So lange sind sie schon hier? Er muss nach Hause, aber er kann hier jetzt noch nicht weg.

Ein Flamingo vor ihnen reckt sich und lüftet seine Flügel.

»Pass auf!«, flüstert Marie. Der Flamingo mit den ausgebreiteten Flügeln flattert ein paarmal auf der Stelle, dann fliegt er auf. Im Nu starten alle. Wasser spritzt, Flügel flattern, der Himmel wird rosa und die Luft vibriert von ihren Schreien. Max geht es durch den ganzen Körper. Er greift nach Maries Hand. Sie ist warm und klein, hält seine Hand fest. Dann sitzen sie Hand in Hand auf der Düne und schauen den Flamingos hinterher, bis sie verschwunden sind.

»Wo fliegen sie hin?«, flüstert er.

»Vielleicht fischen. Sie fliegen abends weg, aber kommen immer wieder her. Wahrscheinlich wohnen sie hier am See.«

»Und im Winter?«

»Einige fliegen nach Spanien, andere nach Afrika.«

Max starrt auf den orangen Sonnenball, der nun im Meer versinkt. Sie sitzen da und schauen, halten sich an den Händen wie ein richtiges Liebespaar. Leider steht

Marie schon auf, klopft sich den Sand vom Hintern und fragt: »Gehen wir?«

»Ja.«

Der Weg durch das Schilf kommt ihm jetzt nicht mehr unheimlich vor. Marie fasst im Gehen wieder nach seiner Hand. Er hält sie fest. Sie passt auch im Gehen wunderbar in seine. Diesmal flutscht ihm auch kein Lampenputzer ins Gesicht.

Als sie aus dem Dickicht heraus sind, gehen sie, immer noch Hand in Hand, zurück durch den Pinienwald. Es ist schon fast dunkel. Er hat noch die Flamingos vor Augen, die Geräusche im Ohr, spürt Maries warme Hand in seiner.

Jetzt sind sie ganz allein auf der Welt, Max und Marie, auf der Straße, die in den Ort mit dem schönen Namen Vic sur Mer führt. Erst als ihnen ein Fahrradfahrer entgegenkommt, lassen sie sich los, lachen sich an. Dann fängt Marie an zu hüpfen.

Kapitel 18

Zurück im Ferienhaus gibt es Ärger, weil er so spät gekommen ist, ohne Bescheid zu sagen. Aber das ist es ihm wert. Noch nie hat er so etwas Schönes erlebt wie die auffliegenden Flamingos, mit Marie, Hand in Hand. Den ganzen Abend wäscht er sich nicht mehr die Hände.

Am nächsten Morgen düst er gleich nach dem Frühstück ab und zieht wieder mit einem Bauchladen voller Glücksmuscheln mit Marie los. Es ist sehr heiß, drückend. Der Verkauf geht nur schleppend.

»So ein Mist«, sagt Max und lehnt sich mit dem Rücken an den Caravan. »Gestern lief es doch so gut.« Sie haben sich wieder zwei Limokisten zurechtgerückt und machen eine Pause im Schatten.

»Die Hitze macht die Leute faul«, sagt Marie. »Auch kein guter Tag für Chichis. Die Leute wollen nur unter ihren Sonnenschirmen dösen und kaufen sich lieber kalte Getränke oder ein Eis. Vielleicht kann man Glück nicht jeden Tag verkaufen. Man hat es ja auch nicht jeden Tag.«

Max schaut Marie von der Seite an. Wie klug sie ist. Heute hat sie die orange Spange im Haar, die ihm schon am ersten Tag aufgefallen war, als sie ihn am Strand angesprochen hatte.

»Du bist so … süß«, platzt es aus ihm heraus. »Wie ein Chichi.«

Sie schaut ihm in die Augen und lacht. Ihm wird ganz schummerig. Bestimmt sind seine Ohren knallrot. Plötzlich fühlt er sich richtig mutig.

»Sag mal, darf ich dich Chichi nennen?«

»Warum nicht«, sagt sie und lacht wieder.

»Chichi«, sagt er. Dabei kribbelt es ihm im Bauch.

Jetzt lachen sie beide und sie kneift ihn in den Arm.

»Aua!«, sagt er, obwohl es gar nicht wehtat.

Maries Mutter kommt um die Ecke und stellt zwei leere Getränkekisten ab. »Na, ihr zwei Turteltauben.« Sie schmunzelt. »Luuk war eben da und hat nach euch gefragt. Ich soll euch ausrichten, ihr sollt zu ihm kommen. Er war ganz aufgeregt.«

Marie steht auf. »Was wollte er denn?«

»Das hat er mir nicht gesagt, nur, dass er Neuigkeiten hätte. Ich möchte ja zu gern wissen, was ihr im Schilde führt.«

Max klopft sich den Sand vom Hintern. Blöd, dass dieser Holländer sich jetzt schon wieder einmischt, Max hat gar keine

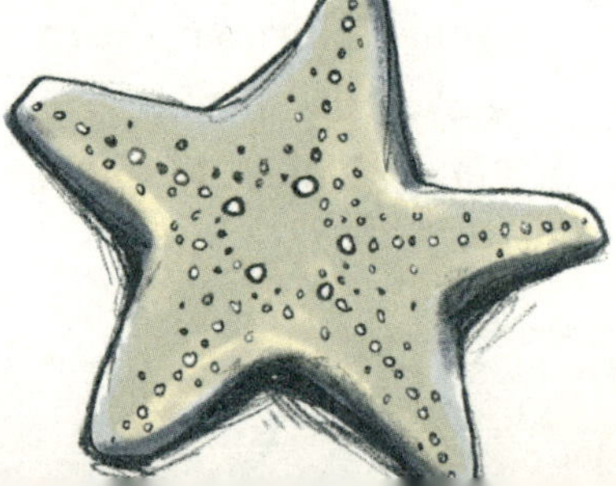

Lust, den jetzt zu sehen, aber Marie macht sich schon auf den Weg. Da geht er lieber mit.

Luuk wohnt mit seinen Eltern in einem von den Appartements, die Maries Eltern gehören, mitten im Dorf, im zweiten Stock. Es ist ein weißes Haus mit Stockrosen vor der hellblauen Eingangstür. Luuks Eltern sind gerade einkaufen. Luuk freut sich, dass sie ihn besuchen kommen. Max' Freude hält sich in Grenzen.

»Wie läuft das Geschäft?«, will er wissen, und Marie erzählt ihm, wie mau der Tag war.

»Kann ich helfen bei die Verkauf?«, fragt er und schaut von einem zum anderen. Zu dritt sitzen sie auf dem überdachten Balkon, Marie in der Mitte.

Max hält die Luft an, will abwehren, aber Marie sagt: »Du kannst uns gern mithelfen, die Sätze einzumuscheln.«

»Toll!«, sagt Luuk, steht auf und geht in sein Zimmer.

Marie knabbert an ihrer Unterlippe. Da kommt Luuk zurück und hält Marie Geldscheine hin. »Das schenke ich dir. Das ist der Rest von meinem Feriengeld, aber ich brauche es nicht.«

Marie guckt auf das Geld in ihrer Hand. »Fünfzehn Euro. Bist du sicher, Luuk? Das ist total nett. Aber ich glaube, das kann ich nicht annehmen.«

»Doch, doch«, sagt er und fischt noch ein paar Münzen aus seiner Hosentasche. »Nimm es. Mickle maakt een Muck.«

»Wie bitte?«

»Mickle maakt een Muck«, wiederholt Luuk und holt das Tablet von seiner Mutter. »Auf Deutsch heißt es ... Kleinvieh macht auch Mist.«

Marie strahlt. »Dank je wel, Luuk!« Und dann drückt sie ihn auch noch. Ganz fest. Es ist zwar echt nett, dass Luuk sein Feriengeld spendet, aber das geht nun doch zu weit, findet Max. Er hat kein Feriengeld, er könnte höchstens auf sein tägliches Eis verzichten und ihr das Ersparte geben. Zum Glück ist die Umarmung vorbei und Marie setzt sich wieder.

»Was ist denn die Neuigkeit, die du uns sagen wolltest?«, fragt sie.

»Auf dem Jahrmarkt gibt es Sonntag einen Talentwettbewerb«, sagt Luuk. »›Zeig, was du kannst!‹, heißt er. Da können alle Kinder zwischen sechs und zwölf Jahren mitmachen. Und man kann einen Preis im Wert von 100 Euro gewinnen.«

»100 Euro!« Marie pfeift durch die Zähne. »Das würde reichen! Aber ich habe kein Talent.« Sie schaut Max an. Max überlegt, ob er ein Talent hat. Er zuckt die Schultern.

»Ich auch nicht«, sagt er.

»Aber ich«, sagt Luuk und grinst bis an den Scheitel. Und schon röhrt er irgendeine Karre nach, die mit hundertachtzig um die Kurve brettert.

Luuk hustet und lacht. »Ich werde mitmachen, und wenn ich gewinne, schenke ich Marie das Geld.«

Max bleibt die Spucke weg. Das meint Luuk doch nicht ernst?

»Du willst da wirklich teilnehmen?« Marie strahlt.

»Ja, ich habe mich sogar schon angemeldet. Das ist meine Neuigkeit. Ich imitiere Autos.«

Marie lacht. »Cool! Also, ich glaube an dich. – Und du, Max?«

Max zögert. »Ich auch«, sagt er. Was bleibt ihm anderes übrig?

Luuk hält ihm die Hand zum Abklatschen hin. Er schlägt ein. Marie auch.

»Pscht!«, macht er plötzlich. »Seid mal leise!« Luuk horcht auf. »Hört ihr das? Da fährt ein Porsche.«

Max verdreht die Augen. Er hat jetzt wirklich genug.

»Ein Cayenne Turbo der neuen S-Klasse.« Luuk legt den Kopf schräg und lauscht. »Der hat 570 PS.«

Jetzt hört Max es auch. Sie schauen vom Balkon. Da sehen sie den schwarzen Wagen, wie er sich langsam in den Kreisverkehr einfädelt.

»75«, sagt Marie. »Das ist das Kennzeichen aus Paris.« Das Fahrerfenster ist offen. Max sieht eine Frau am Steuer.

»Das ist Danielle!«, ruft Marie. »Pierres Tochter. Sie kommt Bonny holen!«

»Ach was«, sagt Luuk. »Sie hat ja gar keinen Pferdeanhänger dabei. Und ins Handschuhfach kann sie dein Paardje ja schlecht stecken.«

»Einen Anhänger gibt es bei Pierre. Was machen wir denn jetzt bloß?«

Marie will schnellstens herausfinden, wie lange Danielle bleibt. Außerdem sagt sie nun schon zum zehnten Mal, dass Luuk gewinnen muss. Sie denkt nur noch an Luuk, so kommt es Max jedenfalls vor. Sie gehen zusammen über die Promenade, nur sie beide – ohne Luuk. Er hat die Hände in den Hosentaschen und kommt sich klein und nutzlos vor. Plötzlich bleibt Marie stehen.

»Was hast du?«, fragt sie ihn.

»Nichts«, sagt er.

»Doch. Das merke ich doch. Du bist so still.«

»Was soll ich denn sagen? Die guten Ideen kommen ja alle von Luuk.«

Marie kräuselt die Stirn. »Stimmt ja gar nicht. Die Glücksmuscheln waren deine Idee.«

»Trotzdem. Du scheinst ihn ja anzuhimmeln.«

»Wie bitte?« Marie stemmt die Hände in die Hüfte. »Ich himmel ihn doch nicht an. Luuk ist ein guter Freund.«

Max bleibt stehen. »Und was bin ich?« Er hört sein Herz bis zum Hals schlagen. Aber da muss er jetzt durch, er muss wissen, woran er ist.

»Mein Freund«, sagt Marie. »Oder?«

»Dein Freund?«, fragt Max. »Ja«, sagt er schnell und hört sein Herz noch lauter schlagen. Sie schauen sich eine Weile an und dann fängt Marie an zu lachen.

»Sag bloß, du bist eifersüchtig auf Luuk?«

»Nein«, sagt Max. »Wie kommst du denn da drauf?«

»Das habe ich schon gestern am Strand gemerkt. Das musst du wirklich nicht sein. Luuk und ich sind schon lange total gute Freunde, aber mehr nicht.«

»Und mit mir ist ›mehr‹?«

»Ja«, sagt Marie. »Von mir aus schon.«

»Von mir aus auch«, sagt Max schnell und hätte sie jetzt

wirklich gern geküsst, aber doch nicht vor all den Leuten, mitten auf der Promenade!

Zu Hause liegen seine Eltern auf den beiden Sofas und lesen.

»Hallo, Mopsbacke«, sagt Papa. »Lässt du dich auch mal wieder blicken?«

»Gut, dass der Urlaub bald zu Ende geht«, sagt Mama und gähnt. »Man wird ja so faul, das ist ja schon nicht mehr schön!«

Max schwebt in sein Zimmer. Er hat noch Maries Worte im Ohr. Er mag nicht daran denken, dass der Urlaub bald zu Ende geht.

Er setzt sich an den Tisch und versucht, neue Sätze für die Glücksmuscheln zu schreiben, aber er kann sich gar nicht konzentrieren, er fühlt sich randvoll mit Glück und würde am liebsten einfach etwas davon in die Muscheln packen. Außerdem dribbelt Ben vor seinem Fenster herum. Das macht ihn ganz nervös.

Er steht auf und will das Fenster zumachen, da ruft Ben hoch: »Alter, stell dir vor, Sonntag nehme ich an einem Talentwettbewerb teil. Wenn ich hundertmal Dribbeln vor Publikum schaffe, ohne dass mir der Ball runterfällt, gewinne ich einen Preis im Wert von 100 Euro. Das schaff ich locker.«

Papa steht unten auf der Terrasse mit verwuschelten Haaren und abgepellter Nase. »Du gewinnst nur, wenn jemand anders nicht noch was Besseres kann«, sagt er mit seinem Buch in der Hand.

Aber das will Ben nicht hören. Er schwärmt lautstark von seinem Preis: »Bestimmt eine Eintrittskarte in die VIP-Lounge für ein Champions-League-Spiel.«

Papa lacht. »Also wir drücken dir die Daumen. Max, du kommst doch auch Sonntag mit, Daumen drücken?«

Max kann das gar nicht so schnell verdauen. Sein Bruder hat sich also auch auf dem Jahrmarkt angemeldet?

»Ja«, ruft Max, aber er verrät nicht, für wen er die Daumen drücken wird. Für Luuk natürlich! Dann schließt er das Fenster.

Kapitel 19

Pierre ist wieder aufgewacht. Was für ein Glück! Mit einem Besuch soll Marie aber noch ein paar Tage warten. Sie hat Danielle getroffen und Danielle hat gesagt, dass sie Sonntagabend schon wieder nach Paris zurückfahren müsse und wenn Marie das Pferd nun haben will, dann soll sie ihr bis dahin einen Scheck über 500 Euro vorbeibringen. Sobald sie Pierres Habseligkeiten in die Seniorenresidenz verfrachtet habe, würde sie nach Paris zurückfahren. Am Montag habe sie dort wichtige Termine.

Max, Marie und Luuk sitzen hinterm Caravan im Schatten und schwitzen trotzdem wie verrückt. Es ist das erste Mal, dass Luuk Max nicht stört. Im Gegenteil, er findet ihn plötzlich sogar nett. Und witzig.

»Also müssen wir die 500 Euro bis übermorgen zusammenkriegen«, sagt Max. Marie nickt. »Und zwar in Cash. Ich darf ja keine Schecks unterschreiben und meine Eltern kann ich jetzt nicht einweihen. Nicht dass sie mir noch im letzten Moment einen Strich durch die Rechnung machen.«

»Wie viel Geld hast du schon?«, fragt Luuk.
»Mit deinem Feriengeld an die 400 Euro.«
»Also muss ich am Sonntag gewinnen.« Luuk grinst.
»Ja«, sagt Marie. »Du musst!«
»Wir drücken dir die Daumen«, sagt Max.
»Ihr seid wohl jetzt ein Paar, he?«, fragt Luuk.
»Ja«, sagt Marie und lächelt Max an. Max nickt.
»Cool«, sagt Luuk. »Das bringt bestimmt extra Glück.«

Am Samstag wollten sie eigentlich noch Glücksmuscheln verkaufen, aber es ist noch heißer als gestern, es weht kein Lüftchen und der Sand ist so heiß, dass Max Angst hat, die Sohlen seiner Sneakers schmelzen gleich weg. Selbst Marie trägt Flipflops. Die Leute stehen und liegen alle im Wasser wie in einer großen Badewanne. Keiner will Chichis und auch nicht aus dem Wasser raus, um Glücksmuscheln zu kaufen. Luuks Surfstunde fällt wegen Flaute aus und nun hocken sie wieder bei ihm, auf dem Balkon. Luuks Vater, ein großer Mann mit akkurat gezwirbeltem blonden Schnurrbart, bringt ihnen eisgekühlte Getränke. Luuks Mutter sitzt in der Küche vor einem Ventilator und löst Kreuzworträtsel.

»Keine Panik«, sagt Luuk und fühlt, ob sein Scheitel noch richtig sitzt. Tut er. »Ich werde morgen gewinnen!«

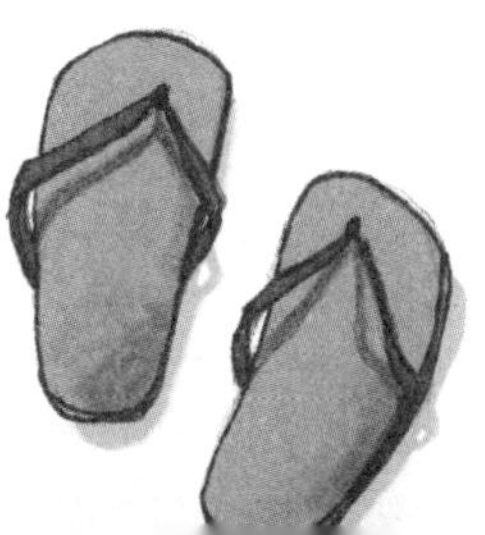

Kapitel 20

Am Sonntagnachmittag auf dem Jahrmarkt sitzen Max und Marie auf dem Boden, links vor einer Bühne, unterhalb der Jury, die aus zwei Frauen und einem Mann besteht. Sie sitzen auf blauen Klappstühlen an einem Campingtisch. An der Bühnenwand steht mir großen roten Buchstaben: VIC SUR MER und: CONCOURS DE TALENT, was »Talentwettbewerb« heißt. Darunter hängt ein Rohr, das in verschiedenen Farben leuchten kann: in Rot, Orange, Gelb, Grün, Blau und Lila. Marie hat ihm gesagt, dass diese Lichtröhre ein Stimmungsbarometer ist und den Applaus misst, wobei Rot das beste Ergebnis bedeutet, dann Orange, Gelb, Grün und Blau kommt und Lila das schlechteste Ergebnis ist. Marie hat all ihren Freundinnen Bescheid gesagt, dass sie kommen sollen, um bei Luuk kräftig zu klatschen. Hoffentlich wird das keine Blamage! Allein gegen Ben wird Luuk es schon schwer haben. Der dribbelt seine 100 Mal, ohne mit der Wimper zu zucken, und alle fahren darauf ab. Das kennt Max ja schon zur Genüge.

Ein dicker Mann in einem zu engen schwarzen Anzug testet gerade die verschiedenen Lichter. Die Zuschauer sitzen in Reihen auf weißen Klappstühlen, jeder Stuhl ist besetzt. Marie reckt den Hals und winkt hier und da jemandem zu. Mama und Papa sind gekommen, um Ben anzufeuern. Sie sitzen irgendwo hinten im Publikum. Max ist ganz flau im Magen.

Der dicke Mann tritt mit einem Mikro auf die Bühne und begrüßt die Leute, dann hält er eine Rede auf Französisch.

»Was sagt er?«, fragt Max.

»Unwichtig«, sagt Marie und reckt den Kopf in die andere Richtung, wo die Kinder stehen, die etwas vorführen wollen, aber man kann nicht um die Ecke der Bühne gucken. Marie erklärt Max noch schnell, dass das Urteil der Jury und der Applaus des Publikums zu gleichen Teilen zählt. Die Jury hat farbige Karten, die sie jeweils hochhält.

Der Mann tritt an den Bühnenrand und breitet die Arme aus. Dabei spannt sich sein Anzug so sehr, dass Max befürchtet, dass gleich ein Knopf abspringt und ihm an den Kopf fliegt. Aber der Anzug hält. Der Mann sagt die Kandidaten an und dann marschieren sie im Gänsemarsch auf die Bühne. Das Publikum applaudiert, wobei die Lichtröhre hinter ihnen grün aufleuchtet. Luuk ist der Letzte in der Reihe. Vor ihm ist ein muskulöser Junge, der wie ein amerikanischer Footballspieler angezogen ist, dick gepolstert und mit Helm. Er ist der Größte und der Einzige, der nicht ins Publikum lacht. Auf seinem schwarzen Shirt steht »Darth Biker«.

Ben, der Zweitgrößte, steht in der Mitte zwischen einem kleinen Mädchen im rosa Kleid, das total glitzert, und einem Jungen, der etwas steif dasteht, als hätte er was im Nacken.

Ben trägt sein Bayern-Outfit und hat seinen Fußball lässig unter den Arm geklemmt. Er guckt wie Ronaldo vor einem Elfmeter. Seine Kumpels und andere Fußballfans jubeln ihm zu. Das kleine rosa Glitzermädchen neben ihm hat die Knie zusammengeklemmt und trippelt von einem Bein aufs andere.

Es gibt noch zwei Mädchen und zwei Jungs. Der Moderator spricht wieder ins Mikrofon.

»Der mit dem steifen Hals fängt an«, sagt Marie.

Der Junge tritt in die Mitte, die anderen stellen sich an die Rückwand der Bühne, nur die kleine Glitzerprinzessin bleibt mit zusammengepressten Knien stehen. Max entdeckt eine hellblonde Frau im Publikum, mit knallrosa Lippen. Sie winkt dem Mädchen hektisch zu und fährt sich mit dem Finger über den Mund als Zeichen, dass die Kleine lächeln soll. Aber das Mädchen lächelt nicht. Der Moderator spricht sie an, aber sie zieht nur den Kopf ein. Alle starren nun das kleine Mädchen an. Dann bildet sich neben ihren Schuhen ein dunkler, nasser Fleck, der immer größer wird. Heulend rennt das Mädchen von der Bühne. Einige aus dem Publikum lachen.

»Die Arme«, sagt Marie. »Die hat sich vor Angst in die Hose gemacht.«

Nachdem die Pfütze mit einem Mopp von der Bühne gewischt wurde, versucht der Moderator, Englisch zu sprechen, weil mit Ben, Luuk und noch einem Mädchen aus Dänemark drei Ausländer unter den Kandidaten sind. So ein komisches Englisch hat Max allerdings noch nie gehört. Marie versteht jetzt auch nichts mehr und ist froh, als der Moderator wieder Französisch redet und sie für Max übersetzen kann.

»Der Junge, der anfängt, hat eine zahme Maus und zeigt uns nun ein paar Kunststücke. Aber wir sollen ganz leise sein, weil seine Maus sehr geräuschempfindlich ist.«

»Aha«, sagt Max.

Der Junge tritt vor, fasst sich in den Nacken und stellt sich mit ausgestreckten Armen und geschlossenen Händen vor das Publikum. Dann öffnet er eine Hand und zeigt dem Publikum die Maus. Sie hat große, runde Augen und Max kann sehen, wie sie mit der spitzen Nase in Richtung Publikum schnuppert.

»Allez!«, ruft der Junge und die Maus läuft seinen rechten Arm hoch, um seinen Nacken herum, den linken Arm hinab.

Einige Leute im Publikum fangen an zu klatschen. Der Moderator legt den Zeigefinger an die Lippen, um die Leute daran zu erinnern, ruhig zu sein.

»Hu!«, sagt der Junge und die Maus rennt seinen linken Arm hoch, klettert über das Ohr des Jungen, hangelt sich an den Haaren hoch, erscheint dann mitten auf seinem Kopf und macht dort Männchen.

Der Junge pflückt sich die Maus vom Kopf, steckt sie sich irgendwo wieder in den Nacken und jetzt darf auch geklatscht werden.

»Die Maus ist ja ganz süß«, sagt Marie und deutet nur ein Klatschen an. »Aber so toll war das nicht, oder?«

»Nein«, sagt Max und tut auch nur so, als würde er klatschen. »Aber die Leute fanden es gut. Guck dir das Barometer an. Der Applaus geht bis Gelb.« Die Jury hält auch zwei gelbe und sogar eine orange Karte hoch.

»Ich habe etwas Angst vor dem Fahrradtypen«, sagt Max. »Der macht so einen auf cool.«

»Abwarten«, sagt Marie, aber Max sieht an ihrem Blick, dass ihr der Junge auch nicht geheuer ist. »Und was, wenn dein Bruder gewinnt?«, flüstert sie.

Max zuckt die Schultern.

Luuk lächelt ihnen von der Bühne aus zu, streicht hin und wieder über seinen Scheitel, der wie immer schnurgerade verläuft. Max staunt, dass er so

fröhlich aussieht. Er selbst wäre vor Lampenfieber längst gestorben.

Nun tritt das dänische Mädchen vor und jongliert mit drei Bällen. Dafür bekommt sie Grün vom Publikum und Grün-Gelb von der Jury. Dann kommt ein pummeliges Mädchen im hautengen Leoparden-Outfit und singt »Supergirl« zu Backgroundmusik. Ihre Stimme übertönt teilweise die Musik, außerdem sieht sie total bescheuert aus in dem Leopardenzeug, findet Max. Kaum ist sie fertig, springt eine Gruppe aus dem Publikum auf und klatscht wie wild. Wahrscheinlich ihre Familie. Trotzdem reicht es nur bis Blau.

Dann kommt Ben. Seine Fußballschuhe klacken über die Bühne. Er geht schnurstracks auf das weiße Kreuz zu, das in der Mitte der Bühne mit Kreide aufgezeichnet ist. Der Moderator erklärt für alle, die es noch nicht wissen: dass er 100 Mal dribbelt, ohne dass der Ball den Boden berührt.

Ben schließt die Augen, konzentriert sich, holt tief Luft, öffnet die Augen und fängt an. Er zählt auf Deutsch, das Publikum auf Französisch. Sie klatschen im Rhythmus in die Hände. Ben trifft unermüdlich. Der Moderator macht für jeden Dribbeltreffer einen Strich in ein Notizbuch.

Max sieht, wie Papa aufsteht und Ben mit seinem Smartphone filmt. Ab 50 klatscht keiner mehr im Rhythmus und nur Bens Stimme ist zu hören. Bei 62 fängt ein Baby an zu schreien. Ab 70 kommt der Moderator mit seinen Strichen durcheinander und hört auf, bei 86 schaut er auf seine Uhr und ab 90 feuert das ganze Publikum Ben mit einem Countdown an. Er schafft es, leider, und es gibt einen Riesenapplaus, der das Barometer auf ein fettes Orange bringt. Die Jury schließt sich einstimmig an.

»Langweilig«, sagt Max zu Marie. Marie sagt nichts, atmet nur tief aus.

Anschließend kommt ein Junge, der tierisch gut kopfrechnen kann, es aber nur knapp bis ins Grüne schafft, weil nur die Erwachsenen klatschen. Und dann kommt »Darth Biker« auf die Bühne, sein Fahrrad lässig über die Schulter gehängt. Es ertönt tierisch laute Hip-Hop-Musik. Er lehnt das Rad an seine Hüfte, reißt die Arme mit geballten Fäusten in die Luft und trommelt sich dann auf die Brust.

»Wie King Kong«, sagt Marie. Max schmunzelt.

Jetzt sitzt der Junge auf dem Sattel, zieht den Lenker hoch und hoppelt auf dem Hinterrad. Dann macht er ein paar Wheelies, springt ab und bewegt sich zur Hip-Hop-Musik, tanzt über sein am Boden liegendes Fahrrad und stellt sich dann wie ein Science-Fiction-Krieger in Siegerpose vor das Publikum und trommelt sich wieder mit geballten Fäusten gegen die Brust. Max und Marie wechseln kritische Blicke. »So was sieht man doch an jeder Halfpipe«, sagt Max ihr ins Ohr. Trotzdem klatscht das Publikum wie wild, jubelt und pfeift sogar. Marie schaut ängstlich aufs Barometer. Es leuchtet Dunkelorange auf. Die zwei Männer in der Jury zeigen Orange, die Frau sogar Rot.

»Oh nee!«, sagt Max. Marie beißt sich auf die Unterlippe. Als Luuk auf die Bühne kommt, nimmt Max Maries Hand. Marie hält sie ganz fest.

Kapitel 21

Luuk fährt sich kurz über den Scheitel und begrüßt das Publikum in vier Sprachen: »Bonjour! Goedendag! Guten Tag! Hello my friends!«

Damit landet er schon mal einen Treffer, denn das Publikum grüßt lachend in der jeweiligen Sprache zurück. Als der Moderator dann erklärt, was Luuk vorhat, geht ein lautes Lachen durch die Reihen. Max dreht sich um. Er hält immer noch Maries Hand, mit der anderen drückt er Luuk den Daumen.

Luuk hält sich das Mikro vor den Mund und sagt: »Ferrari 488 GTB.« Dann fängt er an, den Ferrari nachzumachen. Man hört tatsächlich den Wagen kommen, hört wie er beschleunigt und davonrauscht. Die Leute klatschen, aber Luuk wartet den Zwischenapplaus nicht ab und macht gleich weiter: »Bugatti Veyron«, sagt er und schon fängt er an zu knurren. Es hört sich eher an wie ein wütender Tiger. Max schaut vorsichtig über die Schulter, aber das Publikum scheint es nicht peinlich zu finden, dass da jemand auf der

Bühne steht und Autos imitiert, sondern seinen Spaß zu haben. Selbst die Jury kann sich ein Lächeln nicht verkneifen. Luuk macht mit einem Porsche Cayenne weiter, dann folgt ein Lamborghini. Die Männer im Publikum klatschen laut und einer ruft sogar: »Bravo!«

»Das nächste ist eine Ente«, sagt Luuk. »Also, ein Citroën 2 CV.«

»Ja, wirklich!«, hört man es aus dem Publikum. »C'est vrai!« Und Max hört Papa ganz begeistert rufen, dass er auch mal eine Ente hatte. Er dreht sich um und sieht ihn strahlen. Mama hat den Kopf an seiner Schulter und guckt verträumt. Max hat Fotos von der blauen Ente gesehen, mit der Papa als Student durch ganz Europa gefahren ist und Mama als Tramperin in Spanien kennengelernt hat.

Dann fängt Luuk auf der Bühne plötzlich an zu husten. Im Publikum wird es still. Luuk hustet lauter, abgehackter. Oh nein, er wird sich doch wohl jetzt nicht verschluckt haben? Luuk hustet, röhrt und hustet noch zweimal. Dann sagt er: »Das war eine Ente im Winter, mit kaltem Motor.« – Der Moderator übersetzt.

Das Publikum ist außer sich, klatscht und kreischt vor Vergnügen.

Marie, die genau wie er wild klatscht, deutet mit dem Kinn zum Barometer. Es zeigt jetzt schon Blutorangenrot an, obwohl es noch nicht mal der Schlussapplaus ist. Er nickt heftig, lacht. Marie guckt sich nach ihren Freunden um und reckt den Daumen hoch in die Luft. Luuk zeigt sie auch den Daumen, aber Luuk guckt gar nicht. Er bittet um Ruhe. Es dauert ein Weilchen, bis das Publikum still wird.

»Das nächste Auto müssen Sie erraten, meine sehr verehrten Damen und Herren«, sagt Luuk auf Englisch. »Dafür muss absolute Ruhe herrschen.«

Das Publikum ist mucksmäuschenstill. Nur ein paar Möwenschreie sind zu hören und das Rauschen des Meeres.

Luuk öffnet den Mund, aber es kommt kein Ton heraus. Er verzieht sein Gesicht, so wie er es bei dem Porsche getan hat und dem Lamborghini, aber es ist immer noch nichts zu hören. Er legt den Kopf in die Kurve, aber es kommt kein Laut.

»Was war das für ein Auto?«, fragt er.

Ein Raunen geht durchs Publikum. Einige rufen: »Das war ja gar kein Auto!«

»Doch«, sagt Luuk. »Ein Elektroauto.«

Das Publikum tobt. Luuk verbeugt sich wie ein Prinz. Alle applaudieren wie wild und trommeln mit den Füßen.

Max kann Maries Freunde johlen hören. Er klatscht so doll, bis es in seinen Handflächen anfängt zu piksen, als hätte er in Brennnesseln gefasst. Das Barometer geht mitten ins Rot. Die Jury zeigt auch Rot und erhebt sich. Es wird still. Maries Freunde springen von den Stühlen und reißen die Arme in die Luft, hüpfen mit ihr vor Freude in die Runde und umarmen sie. Der Moderator verkündet: »The winner is: Luuk van den Berg«, und er hebt einen Arm von Luuk hoch, als wäre er ein Boxer.

Marie fällt Max um den Hals und küsst ihn auf die Wange, gleich mehrere Male und immer wieder. Max steht einfach nur da und kann sich nicht bewegen. Sie strahlt mit Tränen in den Augen, aber dann wird sie plötzlich ernst und starrt auf die Bühne. Der Moderator bringt Luuks Preis: einen Karton, der auf einer Seite durchsichtig ist. Max erkennt ein Auto, mit Fernsteuerung.

»Oh!«, ruft Luuk aus und holt das Auto aus dem Karton.

Seine Augen leuchten. »Ein Porsche GT3 RS mit Lenkradsteuerung«, ruft er. »Wie geil!«

Es ist nicht das erste Mal, dass Max sich wundert, wie gut Luuk Deutsch sprechen kann, aber dafür, wie seine Augen beim Anblick dieses Porsches leuchten, gibt es keine Worte. Auch nicht dafür, wie Marie guckt. Angst, Entsetzen steht ihr ins Gesicht geschrieben. Wird Luuk etwa Bonny vergessen und den Porsche mit Fernsteuerung annehmen?

Luuk bedankt sich bei der Jury, beim Moderator und dem Publikum, guckt dann aber Marie an und sagt, dass er lieber den Wert des Preises ausbezahlt haben möchte.

»Wir können es auch umtauschen und du bekommst einen ferngesteuerten Lamborghini«, sagt ein Mann aus der Jury.

»Nein, nein«, sagt Luuk gequält. »Ich möchte gern das Geld ausbezahlt haben. 100 Euro, so stand es auf den Plakaten.«

Marie fällt ein Stein vom Herzen. Max kann es hören. Es war kein Stein, sondern ein Felsbrocken. Luuk lächelt sie an, streicht sich über den immer noch akkurat sitzenden Scheitel. Die Jury steckt wieder die Köpfe zusammen und der dicke Moderator verkündet, dass es leider nicht gehe, ihm die 100 Euro auszubezahlen, weil er noch minderjährig sei, da brauche man die Unterschrift eines Erwachsenen.

Luuk zögert nicht lange, reckt den Kopf und ruft: »Mama, Papa!«

Es dauert, bis alles übersetzt ist und alle verstanden haben, was Sache ist. Dann verhandelt der Moderator noch mit der Jury und nimmt schließlich einen großen, grünen Schein entgegen – 100 Euro. Er überreicht ihn Luuk. Luuk hält ihn mit einem zugekniffenen Auge gegen die Sonne und fragt, ob er auch echt sei. Das bringt noch mal einen Lacher. Dann bedankt er sich und springt von der Bühne.

Luuk gibt Marie den Hunderter. Sie zögert. Nimmt ihn, fällt Luuk um den Hals und küsst ihn, zweimal, einmal auf jede Wange. Max hat genau hingeguckt. Das ist vollkommen okay. Luuk hat einen roten Kopf, sieht nun doch ein bisschen geschafft aus, aber sein Scheitel sitzt, wie immer.

»Du warst echt megacool«, sagt Max.

Kapitel 22

Nach dem Talentwettbewerb düsen sie zu Marie. Es ist keine Zeit zu verlieren, denn Marie hat eine Nachricht von Danielle bekommen, dass sie heute Abend, pünktlich um 20 Uhr, nach Paris zurückfährt und keine Minute später.

Jetzt ist es 17 Uhr. Max, Luuk und Marie knien auf dem kleinen roten Teppich in der Mitte des Zimmers. Sie stapeln Geldscheine: fünf Euro, zehn Euro, zwanzig Euro. Es gibt nur zwei Zwanzigeuroscheine, die meisten sind Fünfer. Im Ganzen immerhin 205 Euro. Marie legt den grünen Hunderter dazu und bindet die Scheine mit einem Band zu einem Bündel zusammen. »305 Euro. Und jetzt die Münzen«, sagt sie, kriecht auf allen vieren vom Teppich herunter und wiehert dabei. Dann muss sie lachen. Sie ist so fröhlich!

Sie trottet zum Bett, schlägt die blaue Überdecke zurück und zieht eine Schublade unterm Bett hervor. Max sieht nur lauter einzelne Socken. Dann legt sie sich auf den

Bauch und kriecht tiefer unters Bett, nur ihre Füße gucken noch raus. Max hört etwas rascheln.

»Okay, ich hab sie«, kommt es gedämpft unter dem Bett hervor. »Könnt ihr mich mal rausziehen?«

Max und Luuk nehmen jeweils einen Fuß und ziehen sie hervor. Marie steht auf, klopft ihr Top ab und prustet einen Staubflusen aus. Sie hält eine Supermarkttüte vor den Bauch.

»Das ist noch nicht alles«, sagt sie und strahlt. »Den Rest habe ich verteilt versteckt, in meiner Keksdose, in meinem Zauberschloss und im Lego-Kasten. – Falls mal jemand einbrechen sollte.« Sie zeigt ins Regal auf den Lego-Kasten, der ein Fach höher steht als der Kasten mit ihrer Briefsammlung, die sie Max letztens gezeigt hat. Luuk macht sich ans Zauberschloss, das hinten auf einem Regal steht, und versucht auch zu wiehern, aber sein Wiehern hört sich eher an wie ein kaputter Auspuff.

Der Lego-Kasten ist voller Münzen. Marie stellt die Tüte ab, holt die Keksdose und leert sie auf dem Teppich aus. Luuk und Max legen das Geld aus den anderen Verstecken dazu.

»Das ist ja ein richtiger Schatz!« Luuk greift mit beiden Händen in die Münzen und lässt sie durch die Finger rieseln. Es klimpert laut.

»Los, wir zählen jetzt«, sagt Marie. »Wir dürfen keine Zeit verlieren.«

»Es ist ja erst Viertel nach fünf«, sagt Luuk. »Dann haben wir ja noch viel Zeit!«

»Trotzdem.«

Marie widmet sich wieder den Münzen. »Lasst uns von dem Silbergeld kleine Türmchen bauen, jeweils zehn Euro hoch.«

»Okay«, sagt Max.

»Okay«, sagt Luuk.

Sie fangen an und zählen jeder in seiner Sprache, was sie allerdings gegenseitig ablenkt, sodass jeder wieder von vorn anfangen muss.

»Lasst uns lieber leise zählen«, sagt Marie.

Max nickt. Sie zählen leise und diesmal klappt es besser. Die Silbertürmchen wachsen. Als keine Ein- und Zweieurostücke mehr zu finden sind, geht es an die Zehn-, Zwanzig- und Fünfzigcentstücke. Davon kann man nur Eineurotürme bauen, sonst kippen sie um. Marie holt einen Stift und ein Heft und zählt die Türme, schreibt alles auf. Endlich haben sie alles gezählt und notiert. Marie rechnet mit dem Bleistift die Zahlen zusammen.

»Hast du keinen Taschenrechner?«, fragt Max.

»Pscht!«, macht Marie und konzentriert sich auf die Zahlen. Dann ruft sie: »209,20. Mit den 305 Euro in Scheinen haben wir 514 Euro. Voilà! Wir haben sogar 14,20 Euro über!«

»Noch mehr«, sagt Luuk und zeigt auf die Ein- und Zweicentstücke, die noch am Boden liegen.

»Dann kriegst du dein Feriengeld wieder, Luuk.«

Marie springt durchs Zimmer und reißt die Arme in die Luft. »Wir haben es geschafft!«

Max und Luuk stehen auch auf. Max' Beine sind ganz taub vom langen Knien. Marie umarmt erst Max, dann Luuk. Es macht Max gar nichts mehr aus, auch nicht, als Luuk ihn umarmt. Im Gegenteil, er fällt Luuk auch um den Hals. Dann holt Marie eine Plastiktüte und schaufelt mit den Händen die Münzen hinein, auch die Ein- und Zweicentstücke. Obendrauf packt sie das Bündel Scheine. Die Tüte ist fast bis zur Hälfte prallvoll.

Maries Handy piepst.

»Allo?«

Max hört eine Frauenstimme, die Französisch mit Marie redet.

»Oui«, sagt Marie und wird blass. »Oui. D'accord.« Dann legt sie auf.

»Was ist okay?«, fragt Max.

»Das war Danielle«, sagt Marie. »Sie muss schon um sechs fahren und kann auch keine Minute länger warten. Also nichts wie los, bevor sie wieder nach Paris abdüst.«

»Wrrrrrummmmm, wrrrrummmm«, macht Luuk und es hört sich genauso an, als würde ein Porsche starten.

»Das ist jetzt nicht witzig, Luuk!«, sagt Marie.

Kapitel 23

Sie laufen nebeneinander durch die Straßen, Marie mit der Geldtüte. Sie besteht darauf, sie selber zu tragen, obwohl sie total schwer ist. Max und Luuk gehen neben ihr, einer links, einer rechts, wie zwei Security-Männer. Max findet es schade, dass er keine dunkle Sonnenbrille hat. Er kommt sich vor, als hätte er gerade eine Bank ausgeraubt. Sie gucken so unauffällig wie möglich, damit bloß keiner merkt, dass sie mit so viel Geld durch die Gegend laufen. Nicht dass sie noch überfallen werden. Aber unauffällig gucken ist schwierig. Luuk sieht eher verbissen aus. Nur Marie ist am Lächeln, grüßt unterwegs alle Leute, die sie kennt. Es sind eine Menge Urlauber unterwegs, viele kommen vom Strand zurück. Als die Kirchenuhr plötzlich dreimal schlägt, bleibt sie stehen. »Nein!«, ruft sie, »schon Viertel vor sechs?«, und vergleicht die Kirchenuhr mit ihrer Armbanduhr. »Mist, jetzt müssen wir uns echt beeilen. Ich kenne eine Abkürzung. Los, da rüber.«

Sie zeigt auf ein Restaurant und geht vor, bahnt sich

einen Weg über die Terrasse. Max und Luuk schlängeln sich um die voll besetzten Tische. Marie winkt sie ins Restaurant und geht zur Bar, grüßt den Kellner und lotst Max und Luuk an der Küche vorbei, winkt dem Koch zu, der ihr lächelnd zurückwinkt. Es riecht nach gebratenem Fisch, Knoblauch und Zitrone. Max läuft das Wasser im Mund zusammen. Wann hat er eigentlich das letzte Mal was gegessen?

Dann gehen sie durch eine Hintertür nach draußen und gelangen auf die Straße, die aus dem Dorf hinausführt.

Sie stehen an einer Ampel und warten, dass es grün wird. Endlich! Marie läuft los und da passiert es: Die Plastiktüte reißt und die Münzen rauschen mit lautem Geprassel auf den Boden und rollen über die Straße.

»Nein!«, ruft Max. Marie ist wie erstarrt und schaut mit offenem Mund den Münzen nach. Einige rollen in den Rinnstein und bleiben dort liegen, einige fallen in den Gully, andere verschwinden unter den Autos, die an der Ampel halten. Es wird wieder grün für die Autos.

»Godverdomme!«, flucht Luuk, stellt sich mitten auf die Straße und breitet die Arme aus, sodass niemand weiterfahren kann.

Autofahrer steigen aus und fragen, was los ist. Fußgänger bleiben stehen und gucken sich um. Vor Max bücken sich zwei deutsche Jungs nach Münzen.

»Hey, das ist unser Geld!«, fährt er sie an. Sie geben ihm drei Zweieuromünzen.

»Habt ihr ein paar Kaugummiautomaten geknackt oder eine Bank klargemacht?«, fragt der Ältere und lacht wie ein Gangster.

Eine englische Frau will wissen, woher das ganze Geld kommt.

»Äh, wir haben unsere Sparschweine gekillt«, sagt Max.

Die Frau guckt komisch, wahrscheinlich hat sie nur »gekillt« verstanden und denkt jetzt, sie hätten einen Raubmord begangen, aber dann sagt die Frau: »Ah, piggy bank.«

»Yes«, sagt Max schnell, weil sich »piggy bank« nach »Sparschwein« anhört und scannt den Boden weiter nach Münzen ab. Es ist das totale Chaos auf der Straße. Luuk hat die Autofahrer gebeten, nicht loszufahren, bis sie das Geld von der Straße gesammelt haben. Jetzt kriecht er auf allen vieren durch den Rinnstein. Marie hat von einer Frau zwei neue Plastiktüten ergattert und liest auf, was sie finden kann. Die Geldbündel hat sie zum Glück gleich in Sicherheit gebracht. Von hinten wird gehupt, weil es schon zwei-

mal grün wurde und vorne keiner weiterfährt. Dann schlägt die Turmuhr sechsmal.

Sie rennen, so schnell sie können, mit ihrer Beute über den Bürgersteig, hinaus aus dem Dorf und sehen jetzt bestimmt aus wie echte Bankräuber.

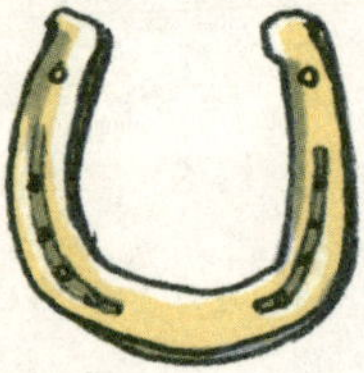

Kapitel 24

»Na endlich, da bist du ja. Ich wollte gerade los.« Danielle steht in einem schmalen, schwarzen Kleid und hohen Schuhen in der Tür. Max, Marie und Luuk sind völlig außer Atem. Danielle rümpft die Nase. »Zieht eure Schuhe aus und wascht euch erst mal die Hände!« Erst jetzt fällt Max auf, wie schmutzig sie vom Rumkriechen auf der Straße sind. Danielle ruft ihnen mit mahnender Stimme etwas hinterher.

»Was will sie?«, fragt Luuk.

»Sie sagt, wir sollen bloß keine Sauerei hinterlassen, Ginette hätte schon alles geputzt.« Luuk verdreht die Augen.

»Ginette, die Ziege?«, fragt Max und kichert.

Marie schaut sich um, die Regale sind leer geräumt, es riecht nach Putzmittel. Sie stellt den Wasserhahn an, hält ihre Hände aber nicht unter den Strahl. Erst jetzt sieht Max, dass ihr Tränen über die Wangen laufen, vom Kinn tropfen. »Es ist nichts mehr von Pierre da«, schluchzt sie. »Als wenn er schon tot wäre.« Sie setzt sich auf den Badewannenrand.

Max setzt sich neben sie und legt einen Arm um ihre Schultern. »Aber es geht ihm doch besser!«

»Trotzdem kommt er nie wieder hierher.«

Luuk stellt den Wasserhahn aus und macht ratternde Geräusche.

»Na, wisst ihr, was das war?« Er wartet erst gar keine Antwort ab. »Ein Traktor beim Starten.«

Marie schnieft.

»Ich wollte doch nur einen Geintje machen«, sagt Luuk.

»Einen was?«, fragt Max.

»Einen Geintje – äh, wie sagt man noch mal – Scherz. Damit Marie nicht mehr weint.«

Marie lächelt zaghaft und wischt sich mit dem Handrücken über die Augen.

»Siehst du, es hat funktioniert.« Luuk strahlt.

Marie steht auf und wäscht sich die Hände. »Ich glaube, wir sollten nicht zu lange im Bad bleiben.« Sie holt tief Luft und öffnet die Tür.

Danielle ist im Wohnzimmer. Auch hier riecht es nach Putzmittel. Es sieht sehr leer aus für ein Wohnzimmer. Nur ein Holztisch mit vier Stühlen ist noch da. Die Wände sind kahl und haben Abdrücke von den Bildern, die mal dort gehangen haben. Marie muss schlucken.

Danielle steht da wie eine Schaufensterpuppe mit kunstvoll hochgesteckten Haaren. Sie trägt Perlenohrringe und eine passende Kette dazu. Ihre langen Fingernägel glänzen silbern. Seltsam, denkt Max, so sieht Mama aus, wenn sie in die Oper geht, aber nicht beim Aufraumen.

Marie hievt die Plastiktüten auf den Tisch, dass es klirrt. Auf einem Stuhl sieht Max Danielles Handtasche, hellblau glänzend mit goldener Schnalle. Er stößt Marie mit dem Ellenbogen an. »Ist das die Tasche, die teurer ist als ein Rennpferd?«, flüstert er ihr zu. Marie nickt.

Danielle spricht Marie an. Max hört ab und zu den Namen »Pierre« heraus, er wird unruhig, tritt von einem Bein aufs andere. Luuk steht da, als könnte er noch die ganze nächste Woche so stehen bleiben, nur zwischendurch fasst er sich mal an den Scheitel. Marie atmet auf. Danielle verlässt den Raum. Ihre Stöckelschuhe klacken bei jedem Schritt.

»Was ist denn jetzt?«, fragt Max.

»Ich kann Pierre in ein paar Tagen besuchen. Er muss nicht mehr lange im Krankenhaus bleiben, danach zieht er in die Seniorenresidenz. Da hat er eine eigene Wohnung. Einiges, was hier fehlt, ist schon da, zum Glück!«

Danielle kommt zurück und deutet mit dem Kinn auf die Tüten. »Ich nehme an, da ist das Geld für Bonny drin?«

»Cash«, sagt Marie.

»Gut«, sagt Danielle. Sie stellt die Gläser auf den Tisch und gießt Limonade ein. Max merkt erst jetzt, was für einen Durst er hat. Er trinkt sein Glas in einem Zug leer und lässt sich gern noch einmal nachschenken. Schade, dass es keine Kekse dazu gibt. Er hat so einen Hunger, er würde sogar den hundertjährigen Kuchen von Pierre essen. Als Danielle noch einmal rausgeht, rülpst Luuk laut und sagt: »Sorry, aber das war ich nicht. Das war eine Mercedes-Fehlzündung.«

Danielle kommt mit einer Schachtel zurück und stellt sie auf den Tisch, guckt auf die Uhr und sagt, sie müsse nun wirklich los. Nach Paris dauere es ein paar Stunden, selbst mit einem Porsche. Marie will Bonny und Ginette selbst zur Marmeladenfarm bringen. Das ist Danielle nur recht. Sie schnappt sich die Plastiktüten.

»Willst du das Geld nicht nachzählen?«, fragt Marie

»Ich bringe es morgen früh zur Bank, die haben eine Zählmaschine. Wenn es nicht stimmt, werde ich mich schon melden.«

Sie schiebt Marie die Schachtel hin. »Das soll ich dir übrigens von Pierre geben.«

Marie nimmt die Schachtel und schüttelt sie leicht. Es klappert.

»Mach mal auf«, sagt Max.

Marie nimmt den Deckel ab. In der Schachtel ist ein Messer mit einem hölzernen Griff, Gartenhandschuhe, ein Schlüsselanhänger mit einem Seestern, ein kleines Spielzeugpferd und noch irgendwelcher Krimskrams.

»Er hat gesagt, das ist für dich«, sagt Danielle.

»Merci«, sagt Marie. »Aber – willst du denn davon nichts behalten?«

»Ich bin froh, wenn der Krempel weg ist.«

Max sieht, wie Maries Augen schimmern. Bei Danielle kann er keine Regung ausmachen. Ob die Gefühle absterben, wenn man Taschen hat, die teurer sind als Rennpferde?

Danielle schließt die Haustür ab, ihr Porsche steht um die Ecke. Luuk schaut sich den Wagen näher an.

»Können Sie mich mitnehmen?«, fragt Luuk.

»Nach Paris?«, fragt Danielle entsetzt.

»Nee, nur bis in den Ort. Ich muss nach Hause, meinen Koffer packen.«

»Ach ja, ihr fahrt ja heute Nacht«, sagt Marie. »Ich komme nachher noch mal vorbei, Tschüs sagen.«

»Ich auch«, sagt Max.

Luuk steigt vorne ein, er strahlt, checkt gleich den Bordcomputer und schnallt sich an. Max sieht ihm an, wie froh er ist, dass er vorne sitzen darf. Dann röhrt der Motor auf und der Wagen braust davon.

Jetzt sind sie allein. Marie stellt die Schachtel auf ein Mäuerchen. »Ich hol Bonny«, sagt sie.

»Ich komm mit«, sagt Max.

Sie gehen durch den Gemüsegarten, Marie öffnet das Gatter der Weide und pfeift ein paarmal hintereinander, dann ruft sie: »Bonny!« Sie gehen weiter auf die Koppel. Marie bleibt stocksteif stehen. Und dann sieht er es auch: Die Koppel ist leer.

Kapitel 25

Marie ist kreideweiß. »Das gibt's doch nicht«, stammelt sie und geht auf die Weide. Sie ruft immer wieder nach ihrem Pferd, auch nach Ginette, der Ziege, aber sie sind nicht da.

»Vielleicht sind sie im Stall?«, fragt Max, denn man kann von hier in den offenen Unterstand gucken und der ist genauso leer wie die Koppel. Marie rennt zum Stall, in dem kein einziger Pferdeapfel liegt, nur frisches Stroh, aber es riecht nicht nach frischem Stroh, sondern nach diesem ätzenden Putzmittel, genau wie im Haus. Die Wände und die Futternäpfe sind blitzblank geschrubbt und glänzen. Marie rümpft die Nase und läuft raus, am Stall vorbei. Max folgt ihr. »Oh nein!«, sagt sie und zeigt auf ein Gatter, das offen steht. »Jemand hat das Tor offen gelassen! Merde!«

»Ach du Scheiße!«, sagt Max und findet, das klingt auf Deutsch viel passender als auf Französisch.

»Bonny! – Ginette!«, ruft Marie, so laut sie kann, und dann erscheint eine ältere Frau mit Pantoffeln und Strickjacke. Max braucht ein Weilchen, bis er kapiert, dass das die

Nachbarin sein muss, die echte Ginette. Marie flüstert ihm zu, dass die Frau nicht weiß, dass die Ziege genauso heißt wie sie. Das sei ein Geheimnis zwischen Pierre und Marie – und nun auch zwischen Max und ihr.

Die Nachbarin redet mit einer sehr hohen Stimme, die ihm in den Ohren pikt. Max spürt, wie nervös Marie wird. Dann wendet sie sich einfach von der Frau ab und ruft dieses Mal nur nach Bonny.

»Hoffentlich sind sie nicht aus dem Dorf gelaufen, auf die Landstraße!« Marie beißt sich auf die Lippen.

»Wir müssen sie suchen!«, sagt Max.

Sie laufen um das Grundstück, aber von dem Pferd und der Ziege fehlt jede Spur. Im Pinienwäldchen sind sie auch nicht. Sie suchen alles ab, laufen sogar bis zur Landstraße. Es ist dichter Verkehr. Lkw brausen vorbei. Es vibriert in Max' Bauch.

»So weit können sie doch nicht sein«, sagt Marie und fängt nun richtig an zu schluchzen. »Hier kennen sie sich ja gar nicht aus.« Sie putzt sich die Nase. »Hoffentlich ist ihnen nichts passiert!«, sagt sie immer wieder.

»Bestimmt nicht«, sagt Max. »Pferde laufen doch nicht einfach auf die Straße.«

Marie wischt sich die Tränen ab. Sie gehen zurück, über einen sandigen Feldweg. Marie hält Ausschau nach Hufspuren, findet aber keine. Max erkennt bald, dass sie in der Nähe des Flamingosees sind, und sein Herz wird weit, weil er sofort wieder diesen Moment vor Augen hat, als die Flamingos alle zusammen aufflogen und der Himmel rosa wurde. Er nimmt ihre Hand. »Meinst du, sie könnten bei den Flamingos sein?«

»Nein, sicher nicht«, sagt sie und hält seine Hand ganz fest.

»Aber reitest du nicht manchmal mit Bonny zum See?«

Marie springt der Mund auf. »Ja, sogar durch den See, aber durch den anderen, da, wo wir mit deinem Boot waren.« Sie bekommt große Augen. »Komm, lass uns da gucken.«

Und schon laufen sie los, noch mal ganz durch den Pinienwald. Max ist außer Atem, erklimmt mit Marie einen Hügel, der wie eine bewachsene Düne aussieht. Von dort können sie über die Ginsterbüsche hinweggucken.

»Da!«, ruft Marie und zeigt auf eine Bucht. Da stehen ein Pferd und eine Ziege mit den Hufen im Wasser. Sie haben ihnen die Hinterteile zugewandt.

So schnell ist Max schon lange nicht mehr gerannt, die Düne runter, hinter Marie her über einen Trampelpfad, Richtung See. Als sie in die Bucht kommen, drehen sich Pferd und Ziege um und

schauen sie an, als wollten sie sagen: »Was macht ihr denn hier?«

»Bonny!«, ruft Marie, »Ginette!« Das Pferd wiehert und die Ziege meckert. Beide nicken mit den Köpfen und sehen sehr entspannt aus.

Marie läuft durchs Wasser, dass es spritzt, schlingt die Arme um Bonnys Hals. Das Pferd plustert die Nüstern auf und schnuppert an Marie herum. Max muss erst mal verschnaufen.

»Die haben einen Badeausflug gemacht«, sagt er.

»Stimmt«, sagt Marie und lacht. »Bonny ist total gern im Wasser. Aber Ginette?«

Marie führt Bonny an der Mähne aus dem See. Ginette stakst hinter ihr her. Maries Turnschuhe sind patschnass. Aber das scheint ihr egal zu sein. Am Ufer bittet sie Max, ihr zu helfen, aufs Pferd zu steigen. Max hält ihr angewinkeltes Bein und schwingt sie auf ihr Kommando hoch. Aus ihren Schuhen tropft es.

»Ich weiß, warum die beiden ausgebüxt sind«, sagt sie. »Weil ihr Stall stinkt.«

»Wieso denn? Die Putzfrau hat ihn doch gerade sauber gemacht.«

»Genau deshalb. Es stinkt nach Putzmittel und riecht nicht mehr nach Pferd und frischem Stroh.« Sie klopft Bonny auf den Hals. »Ihr seid echt clever, ihr beiden. Ich würde es in so einem blitzblanken Stall auch keine Nacht aushalten. Jetzt bringen wir euch gleich in euer neues Zuhause.«

Sie sind auf dem Feldweg, kurz vor dem Dorf. Marie reitet, Max geht mit Ginette zu Fuß. Marie sieht toll aus auf dem Pferd. Sie strahlt ihn an. Immerhin hatte er die rettende Idee.

Kapitel 26

Max liegt im Bett und guckt an die Decke. Die Sonne ist gerade erst aufgegangen, draußen zwitschern schon die Vögel. Er kann nicht mehr schlafen. Marie hat jetzt ein eigenes Pferd! Er hätte nie gedacht, dass er sich über einen Gaul so freuen kann – wobei Bonny natürlich kein Gaul ist! Maries Eltern sind total stolz auf Marie, dass sie sich ihr Pferd selbst verdient hat, zusammen mit ihren Freunden. Die Marmeladenleute von der Farm haben mit Maries Eltern auch einen tollen Deal gemacht: Wenn sie ein Werbeschild für die Marmelade an ihren Caravan hängen, dann dürften Bonny und Ginette umsonst bei ihnen mit den anderen Pferden wohnen, und das Geld für Heu teilen sie sich. Bonny hat sich gleich mit einem kleinen, struppigen Pony angefreundet. Nur Ginette war ein bisschen beleidigt. Wahrscheinlich, weil sie jetzt nicht mehr die Chefin sein kann, hat Marie gesagt und sie in den Stall begleitet. Da roch es schön nach frischem Stroh und Pferd. Marie ist so glücklich! Max hat ihr lachendes Gesicht ganz dicht vor

Augen und in Gedanken küsst er sie. Dann hört er Geräusche von unten aus der Küche. Papa ist auch schon auf und bereitet das Frühstück vor, wie jeden Morgen. Gleich geht er bestimmt Croissants holen. Max durchfährt es wie ein Blitz – er springt aus dem Bett. Hilfe! Heute ist ja der letzte Tag! Wie konnte das passieren? Morgen fahren sie schon wieder nach Hause, nach Köln, wo es keinen Strand gibt, keine Flamingos, keine Chichis. Und was am Allerschlimmsten ist: keine Marie!

Barfuß läuft er die Treppen runter in die Küche. Papa steht neben der Spüle und presst Orangen aus.

»Na, Mopsbacke, schon auf? Guten Morgen!«

»Papa, können wir den Urlaub verlängern, bitte!«, platzt es aus ihm heraus.

Papa seufzt. »Liebend gern, wenn es nach mir ginge, aber das geht leider nicht. Ich habe nur fünf Wochen Urlaub im Jahr.«

»Aber dann hast du doch noch zwei.«

»Ja, aber wir wollen doch im Winter in die Berge, snowboarden.«

»Nein, nein! Ich will nicht snowboarden, ich will hierbleiben!«

Papa wirft die ausgepressten Orangenhälften in den Mülleimer.

»Ben will auch nicht snowboarden.«

Papa seufzt. »Ach so?«

»Bestimmt will er auch viel lieber länger hierbleiben. Die

Jungs, die gerade neu angekommen sind, passen *süper* in seine Mannschaft.«

Papa schaut ihn von der Seite an und bringt die Karaffe mit dem frischen Orangensaft auf die Terrasse und stellt sie auf den Tisch. Max lehnt sich an die offene Schiebetür. »Bitte, Papa!«

»Das geht auf keinen Fall, Max. Ich freue mich ja, dass es euch hier so gut gefällt, aber auch wenn die Zeit noch so schön ist, muss man eines Tages wieder nach Hause. Und der Abschied von deinen Freunden würde auch nach weiteren Wochen nicht leichter sein als morgen. Ist der Holländer nicht auch schon abgereist?«

Max nickt matt.

»Der war echt lustig, mit seinem Autotick«, sagt Papa.

»Nicht nur deswegen«, sagt Max und findet es wirklich schade, dass Luuk weg ist. Verrückt, wie schnell sich das ändern kann. Vor einer Woche hätte er ihn noch am liebsten auf den Mond geschossen. Marie und er haben sich gestern Abend noch von ihm verabschiedet, nachdem sie Bonny weggebracht hatten. Er ist in einem klapprigen Golf abgefahren, mit drei Fahrrädern auf dem Dach, und hat aus dem Fenster gewunken und gerufen: »Bis nächstes Jahr, Max und Marie!«

»A bientôt!«, hat Marie zurückgerufen.

Und Max hat auch gewunken und fand es total schön, dass Luuk »Max und Marie« gesagt hat, in einem Atemzug.

Umso grausamer, dass er sich morgen von Marie trennen muss, nur weil der Urlaub zu Ende ist.

Er steht da und starrt auf seine Füße. Dabei muss er an Maries Füße denken. Sie hat so kleine, lustige Zehen, mit denen sie einzeln wackeln kann, und überhaupt hat er noch nie schönere Füße gesehen als die von Marie.

»Wollen wir an den Strand?«, fragt Papa. »Jetzt, wo noch keiner draußen ist? Der Wind ist perfekt und Seehund könnte endlich mal ins Meer.«

Max holt sein Boot. Am Strand riecht es nach Seetang und Salz. Der Sand ist sauber und frisch gekämmt, das macht eine Maschine in der Nacht. Max hat sie schon mal gesehen, als er aus dem Fenster geguckt hat, ein riesiges Teil mit einer Walze vorne dran und blinkenden gelben Lichtern.

Er schaut die leere Promenade entlang zum Caravan. Das blau-weiß gestreifte Vorderdach ist noch zugeklappt. Alles hat noch zu bis auf die Boulangerie, wo man die leckeren

Baguettes und Croissants kaufen kann. Die einzigen Fußspuren im Sand sind von Papa und ihm.

Das Meer ist so weit, als würde es nie aufhören. Max geht bis zu den Knien ins Wasser und setzt das Boot sachte auf, dann stellt er sich zu Papa an den Strand und hält die Fernbedienung. Seehund schaukelt ganz schön auf den kleinen Wellen, hält sich aber wacker, wie ein richtiges Segelboot. Ach, würde der Urlaub doch nie aufhören! Max schnieft und schnieft noch einmal. Papa legt einen Arm um seine Schultern. »Du hast Marie richtig gern, nicht wahr?«

Max nickt, dann kommen ihm die Tränen. Papa drückt ihn fester an sich.

»Oh Mann«, sagt Papa und setzt sich in den Sand. Max setzt sich auch, lehnt sich an Papa und weint. Papa schlingt einen Arm um Max und küsst ihn aufs Haar. »Mensch, Mopsbacke, dich scheint es ja ziemlich erwischt zu haben.«

Max zieht die Nase hoch und guckt ihn an. »Kann ich nicht hierbleiben, Papa? Ich spreche doch schon ganz gut Französisch und dann wird es noch besser. Es ist doch wichtig, dass man mindestens eine Fremdsprache spricht. Das wollt ihr doch immer, Mama und du. Ich könnte mit Marie in einem ihrer Ferienappartements wohnen, wir würden unser Geld selber verdienen, mit Chichis und Glücksmuscheln!« Dass er auch reiten lernen will und mit Marie zusammen auf Bonny abends am Strand entlanggaloppieren würde und mit ihr den Sonnenuntergang mit auffliegenden Flamingos sehen möchte, behält er für sich. Das geht niemanden etwas an, das ist ein Geheimnis zwischen ihm und Marie und er wird es wahren bis an sein Lebensende.

»Papa, bitte! Ich kann auch hier zur Schule gehen.« Er wischt sich die Tränen ab. Papa wuschelt ihm durch die Haare.

»Das sind ganz wunderbare Pläne«, sagt Papa, »aber du weißt ja selber, dass du noch nicht allein mit deiner Freundin leben kannst. Ich fürchte, dass du da noch ein paar Jährchen warten musst. Aber vielleicht finden wir ja …«

»Marie!«, ruft Max und hört nicht mehr, was Papa sagt. Er ruft noch einmal und wedelt mit den Armen. »Marie!« Dann sieht sie auch ihn und kommt durch den Sand geradewegs auf ihn zugestapft.

»Sieht man, dass ich geweint habe?«, fragt Max.

»Nein«, sagt Papa. »Sieht man nicht.«

Kapitel 27

Marie bringt nicht nur Marmelade mit, sondern auch eine Einladung von ihren Eltern. »Wir würden uns sehr freuen, wenn Sie heute Abend bei uns vorbeikommen. 20 Uhr. Rue de Madeleine. Christine und Thierry«, steht auf dem Zettel.

»Wie schön«, sagt Mama. Sie rückt einen Stuhl für Marie zurecht.

»Es ist ja Ihr letzter Tag heute«, sagt Marie, schaut Max an, setzt sich und nestelt an ihrer Haarspange. Sie trägt heute eine rosafarbene. Mehr kann Max nicht erkennen, weil ihre Haare sie verdecken. Obwohl sie rosa ist, steht sie ihr sehr gut.

»Ja«, sagt Mama. »Leider. Und vielen Dank für die Marmelade.« Mama schraubt das Glas auf und riecht daran. »Auch noch Himbeere. So lecker! Wie heißt Himbeere auf Französisch?«

»Framboise«, sagt Max. Mama fällt fast das Glas aus der Hand. Sie lacht. »Wir sind hierhergekommen, damit Ben sein Französisch aufbessert, und was ist: Ben redet nur Deutsch mit seinen Fußballkumpels und unser Jüngster spricht fließend Französisch. Ich fass es nicht!« Sie zwinkert Max zu.

»Hast du das gehört, Papa?«, sagt Max und setzt sich neben Marie.

»Ja.« Papa holt den Aufschnitt aus dem Kühlschrank.

»Mama übertreibt ja immer ein bisschen«, sagt er. »Nicht wahr, Schatz?«

»Nein, nie«, sagt Mama.

Papa schmunzelt. »Wo ist denn Ben?«

»Wo wohl?«

»Ach, jetzt bolzt der schon vor dem Frühstück?«

Mama hält Marie den Brotkorb hin.

»Danke«, sagt Marie und nimmt sich nur eine kleine Scheibe Baguette. Max hat keinen Hunger. Am liebsten würde er Marie an die Hand nehmen und abdüsen, zu Bonny oder zum Strand oder noch einmal zu den Flamingos. Aber Mama hält sie mit tausend Fragen fest, will alles noch mal ganz genau von ihr wissen, obwohl Max es doch schon erzählt hat. Marie berichtet von Bonny und Ginette, auch von Pierre, dass es ihm besser geht und er sich freut, dass Bonny und die Ziege nun bei den Marmeladenleuten sind. Sie strahlt.

»Mama«, unterbricht Max die beiden. »Wir gehen jetzt ein bisschen raus, ja?«

Marie springt auch gleich auf.

»Meine Mutter fragt immer so viel«, sagt Max und verdreht die Augen.

»Deine Mutter ist nett«, sagt Marie und dann rennen sie durch den Sand und haben Wind in den Haaren. Im Laufen sieht Max, dass Marie eine Flamingospange trägt!

Sie gehen zur Marmeladenfarm und er reicht ihr die Bürsten und was sie alles braucht, um Bonny zu putzen, sie kratzt auch den Dreck aus den Hufen. Das findet er ein bisschen übertrieben, schließlich kommt so ein Pferd ja nicht mit ins Wohnzimmer. Dann nimmt Marie eine lange Leine und lässt das Pferd im Kreis laufen. Max soll sich draufsetzen.

Er tut es, Marie zuliebe. Gut, dass es eine kleine Treppe als Aufstiegshilfe gibt.

Sitzt sich gar nicht so schlecht auf einem Pferd, aber ganz schön hoch. Schön hoch eigentlich. Er hat überhaupt keine Angst, wo er doch sonst schon beim bloßen Anblick eines Ponys lieber umgekehrt ist. Marie hat Bonny mit der Leine fest im Griff und er vertraut ihr – bedenkenlos. Sonst würde er halt für sie sterben, wie ein Westernheld, der mit einer Kugel im Herzen blutend vom Pferd fällt und mit letzter Kraft noch sagt …

»So, dann steig mal wieder ab!«, ruft Marie mitten in seine wilde Westernfantasie und erklärt ihm, wie man ein Pferd professionell verlässt. Als er mit Schwung vom Pferderücken rutscht und mit beiden Beinen genau vor ihr aufkommt, schlingt sie plötzlich einen Arm um seinen Hals und küsst ihn, voll auf den Mund, genau so, wie er es sich schon so oft vorgestellt hat. Er holt Luft und küsst sie gleich zurück.

»Jetzt sind wir ein echtes Liebespaar«, sagt Marie und kichert.

»Aber ich fahre morgen früh weg.«

»Du kannst ja wiederkommen.«

Max sieht auf den Boden und schiebt mit dem Fuß ein Steinchen an die Seite. »Meine Eltern wollen in den nächsten Ferien in die Berge.«

Bonny prustet Marie in den Nacken. Sie schüttelt sich, wobei die schöne Flamingospange wieder voll zum Vorschein kommt.

»Meine Eltern haben noch eine Überraschung für euch.«

Kapitel 28

Am Nachmittag ist er allein in seinem Zimmer und soll seinen Koffer packen. Das Zimmer ist ihm inzwischen so vertraut, als wäre es sein eigenes. Dabei steht gar nicht viel drin von seinen Sachen, nur Seehund ist da. Eigentlich reicht ihm das, Seehund und Marie. Aber von Marie muss er sich heute Abend verabschieden.

Max holt sich Seehund und setzt sich mit ihm auf den Stuhl und schaut aus dem Fenster. Er will hier nicht weg!

»Max«, sagt Mama und guckt so mitleidig, als ob er krank wäre. Da steht er auf, stellt Seehund ab und wirft ein paar Socken in seinen Koffer, bevor sie noch mit einer Wärmflasche antanzt oder, noch schlimmer, mit guten Ratschlägen.

Am Abend sitzt er neben Marie an einem großen Tisch im Garten. Der Tisch hat eine weiße Tischdecke und in kleinen, mit Wasser gefüllten Glasschälchen schwimmen rote Oleanderblüten. Mama und Papa quatschen die ganze Zeit mit

Maries Eltern und Ben schaufelt das Essen in sich hinein, als hätte er eine Woche lang gehungert.

Max kriegt immer noch keinen Bissen runter, im Gegensatz zu Marie, die einen guten Appetit hat. Ihr scheint der Abschied nicht auf den Magen zu schlagen. Macht es ihr etwa nichts aus, wenn Max fährt? Das kann doch nicht sein, jetzt, wo sie ein echtes Liebespaar sind. Er schaut Marie an. Marie kaut und lächelt, als wenn nichts wäre. Ja, sie sieht sogar aus, als freute sie sich. Worauf denn nur?

Er ist kurz davor, aufzuspringen und wegzulaufen, da greift sie nach seiner Hand. Die baumelt schon länger zwischen den Stühlen. Max hält die Luft an. Die Zeit steht still. Es ist, als lägen sie bäuchlings auf der Düne vor dem zweiten geheimen See und beobachteten die Flamingos – nur er und sie. Die Erwachsenen lachen laut und dann sagt Maries Mutter: »… und ihr könnt gern im Herbst eins von unseren Appartements haben, für einen Freundschaftspreis.«

Appartement? Herbst? Max guckt Marie an. Die strahlt nur.

»Das ist total nett von euch«, sagt Papa, »aber wir haben leider keinen Urlaub mehr.«

»Du nicht«, fällt ihm Mama ins Wort. »Ich schon. Und ich würde auch allein mit Max herkommen. Ben ist eh im Fußballcamp.«

Moment mal – allein mit Mama? Er? Alle schauen Max und Marie an und lachen.

»Hier nach Vic sur Mer?«, fragt Max. »In den Herbstferien?«

»Ja!«, sagt Marie.

Plötzlich fühlt er sich ganz leicht. Wenn er jetzt Anlauf hätte, würde er bestimmt abheben und wie eine Möwe durch die Luft segeln, so leicht ist ihm zumute. Wenn er richtig verstanden hat, wird er Marie also schon bald wiedersehen, in den Herbstferien!

»Im Herbst ist es auch schön am Meer«, sagt Maries Mutter. »Dann sind nicht so viele Leute am Strand, und wenn man Glück hat, kann man sogar noch baden.«

»Wie schön!«, sagt Mama und streichelt Papa über die Schulter. »Das ist doch okay für dich, wenn ich mit Max allein fahre?«

»Ja, ja«, sagt Papa, »fahr du nur.« Er guckt Mama gespielt beleidigt an, aber gibt ihr dabei einen Kuss.

»Im Winter können wir doch auch wieder herkommen«, sagt Ben. »In den Bergen ist es eh viel zu kalt und im Schnee kann man auch nicht vernünftig Fußball spielen.«

»Au ja!«, ruft Max.

»Darüber reden wir in Ruhe«, sagt Papa. Und dann stoßen alle an. Die Erwachsenen mit Wein, die Kinder mit Limo. Danach dürfen die Kinder aufstehen. Ben verabschiedet sich sofort und düst los zum Bolzplatz. Er soll um Punkt zehn im Haus sein. Max und Marie dürfen auch bis zehn Uhr draußen bleiben.

Sie lassen die Schuhe da und gehen barfuß an den Strand. Gleich hinter den Oleanderbüschen fassen sie sich wieder an den Händen.

Max rechnet aus, wie lange es noch bis zu den Herbstferien dauert – sieben Wochen, Hilfe, so lange!

»Wir können uns in der Zwischenzeit ja schreiben«, sagt Marie. »Mit echten Briefen, ja?«

»Ich dachte, es gibt keine unechten Briefe«, sagt Max und schmunzelt.

»Gibt es auch nicht.«

»Also, du meinst, so richtig mit Briefmarken anlecken und zur Post latschen?«

»Habt ihr keine Briefkästen in Deutschland?«

»D-doch.«

»Die Briefe kann man auch küssen, dann kommen sie schneller an.« Marie lacht. Max lacht auch, dann rennen sie, im nassen Sand, ganz nah am Meer entlang. Er will sie küssen, mit viel Schwung, so, wie sie es in diesen romantischen Filmen tun, die Oma gerne schaut. Aber er kriegt die Kurve nicht und stolpert über seine eigenen Füße. Sie fallen beide ins Wasser und kreischen wie verrückt.

»Ich komm morgen früh noch mal kurz vorbei«, sagt Marie, als sie später wieder am Tisch sind, nass, zerzaust und sandig, und sich die Eltern gerade voneinander verabschieden.

Kapitel 28

Am nächsten Morgen wird er wach, als es gerade hell wird. Er hört die Strandmaschine, wie sie den Sand kämmt. Sein erster Gedanke ist, dass Marie noch vorbeikommt. Er steht auf und schaut aus dem Fenster, aber sie ist nirgends zu sehen. Es ist ja auch erst halb sieben.

Mama und Papa sind auch schon auf und streichen Brote für die Fahrt. Er soll Ben wecken gehen. Dann frühstücken sie mehr oder weniger im Stehen und Papa bringt schon die Taschen ins Auto.

Wenn Papa den Kofferraum schließt, ist das eigentlich immer das Zeichen für die Abfahrt. Aber Marie ist noch nicht da und Ben ist zum Glück noch kurz zum Bolzplatz gerannt, um ein bisschen aufs Tor zu schießen. Papa fand das erst nicht so toll, aber Mama hat gesagt, dann ist er später im Auto ruhiger.

Max guckt sich andauernd um. Da kommt Marie über die Promenade angerannt. Endlich!

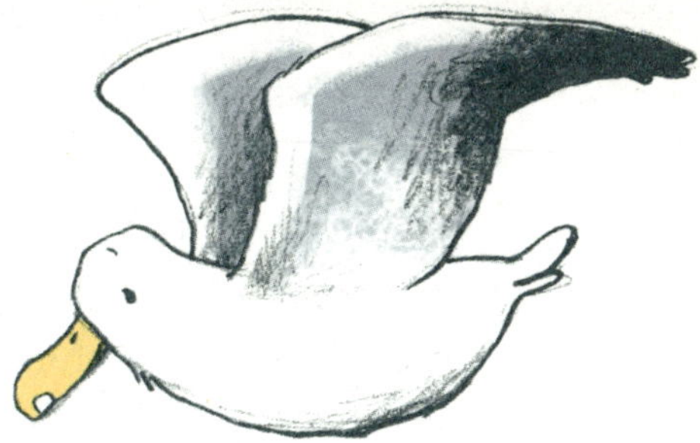

»Ich wollte doch noch Tschüs sagen – a bientôt!« Sie ist völlig außer Atem. Max hat Herzklopfen, als wäre er die ganze Promenade entlanggerannt.

»Das ist aber nett«, sagt Mama. Sie hat ihre Bürste vergessen und muss noch mal ins Haus. Papa geht auch noch mal ins Haus.

Marie steht vor ihm. Sie hat ein hellblaues Kleid an und wieder die Flamingospange im Haar. »Hier«, sagt sie. »Ich hab noch was für dich.« Sie reicht ihm eine geriffelte Herzmuschel mit einer grünen Schleife.

»Oh«, sagt Max.

»Darfst du aber erst später aufmachen.«

»Wann?«

»Später eben.«

»Danke!«

»Bitte!«

Papa und Mama kommen aus dem Haus, mit Mamas Bürste. »Nun müssen wir aber los!«, sagt Papa. »Bitte einsteigen! Ben sammeln wir unterwegs auf.«

Seine Eltern sitzen schon im Auto, er steht immer noch an der Wagentür und sieht Marie nach, die langsam geht, sich noch mal umdreht und winkt. Max winkt zurück und steigt ein.

Dabei hätte er sie so gern noch mal geküsst, aber jetzt ist es zu spät.

Er lässt das Fenster runter und ruft: »Ich schreib dir, sofort wenn ich zu Hause bin!«

Sie nickt, winkt noch mal. Papa hupt zweimal kurz, dann biegen sie ab und sehen sie nicht mehr.

Er holt sich Seehund auf den Schoß und hält die Muschel ganz fest in seiner Hand.

An der nächsten Ecke halten sie und Papa hupt wieder zweimal. Ben kommt maulend mit seinem Ball ans Auto geschlendert. »Manno! Hättet ihr nicht fünf Minuten später kommen können, dann hätte ich noch zehn Tore geschossen.«

»Angeber«, sagt Mama.

»Nee, echt!«, sagt Ben.

Sie fahren durch den Ort und müssen an der Ampel halten, wo ihnen die Geldtüte gerissen ist. Dann verlassen sie Vic sur Mer. »A bientôt«, flüstert Max.

Die Muschel ist schon ganz warm in seiner Hand. Später, als sie die erste Pause machen, auf einem Rastplatz, lässt er die anderen vorgehen und bleibt unter einer Pinie stehen, zieht an der grünen Schleife, öffnet die Muschel und nimmt den Zettel heraus, faltet ihn auseinander und liest die drei Worte, die Marie ihm geschrieben hat.

Danksagung

Merci à Anke pour nous avoir aidé à sauver Bonny und danke auch an Tamara Finkbeiner für ihre tollen Tipps bei der Korrektur des Buches.

Alle lieben Norbert und Fred!

Eigentlich wünscht sich Henry einen Hund. Doch dann stolpert er über einen Blätterhaufen und darunter verbirgt sich ein Zwergmammut.

Finn, Zoe und Henry staunen nicht schlecht, als sich ein Faultier zu ihnen in die Küche schwingt. Und was für ein Faultier das ist!

ALLE LIEFERBAREN TITEL,
INFORMATIONEN UND SPECIALS
FINDEST DU ONLINE

Auch als eBook

www.dtv.de dtv junior

Penny
Pepper

ermittelt!

Doppelband
Penny Pepper
ermittelt!
Alles kein Problem + Alarm auf der Achterbahn
dtv junior
Penny Pepper
Chaos in der Schule
Lisa Hänsch
dtv junior
Penny Pepper
Alles kein Problem!
Penny Pepper
Alarm auf der Achterbahn
Penny Pepper
Spione am Strand
Penny Pepper
Auf Klassenfahrt